ハヤカワepi文庫
〈epi 99〉

ちいさな国で

ガエル・ファイユ
加藤かおり訳

epi

JN092172

早川書房

8510

PETIT PAYS

by

Gaël Faye

Copyright © 2016 by

Éditions Grasset & Fasquelle

Translated by

Kaori Kato

Published 2020 in Japan by

HAYAKAWA PUBLISHING, INC.

This book is published in Japan by

direct arrangement with

LES ÉDITIONS GRASSET & FASQUELLE.

ジャクリーヌへ

チュニジア
モロッコ
アルジェリア
リビア
エジプト
西サハラ
モーリタニア
マリ
ニジェール
チャド
スーダン
エリトリア
セネガル
ジブチ
ギニア
ブルキナファソ
ベナン
ナイジェリア
エチオピア
トーゴ
南スーダン
中央アフリカ
カメルーン
ソマリア
ウガンダ
ケニア
サントメ・プリンシペ
コンゴ民主共和国
（旧ザイール）
タンザニア
コモロ
アンゴラ
ザンビア
マラウイ
モザンビーク
ジンバブエ
マダガスカル
ナミビア
ボツワナ
スワジランド
南アフリカ共和国
レソト

アフリカ大陸

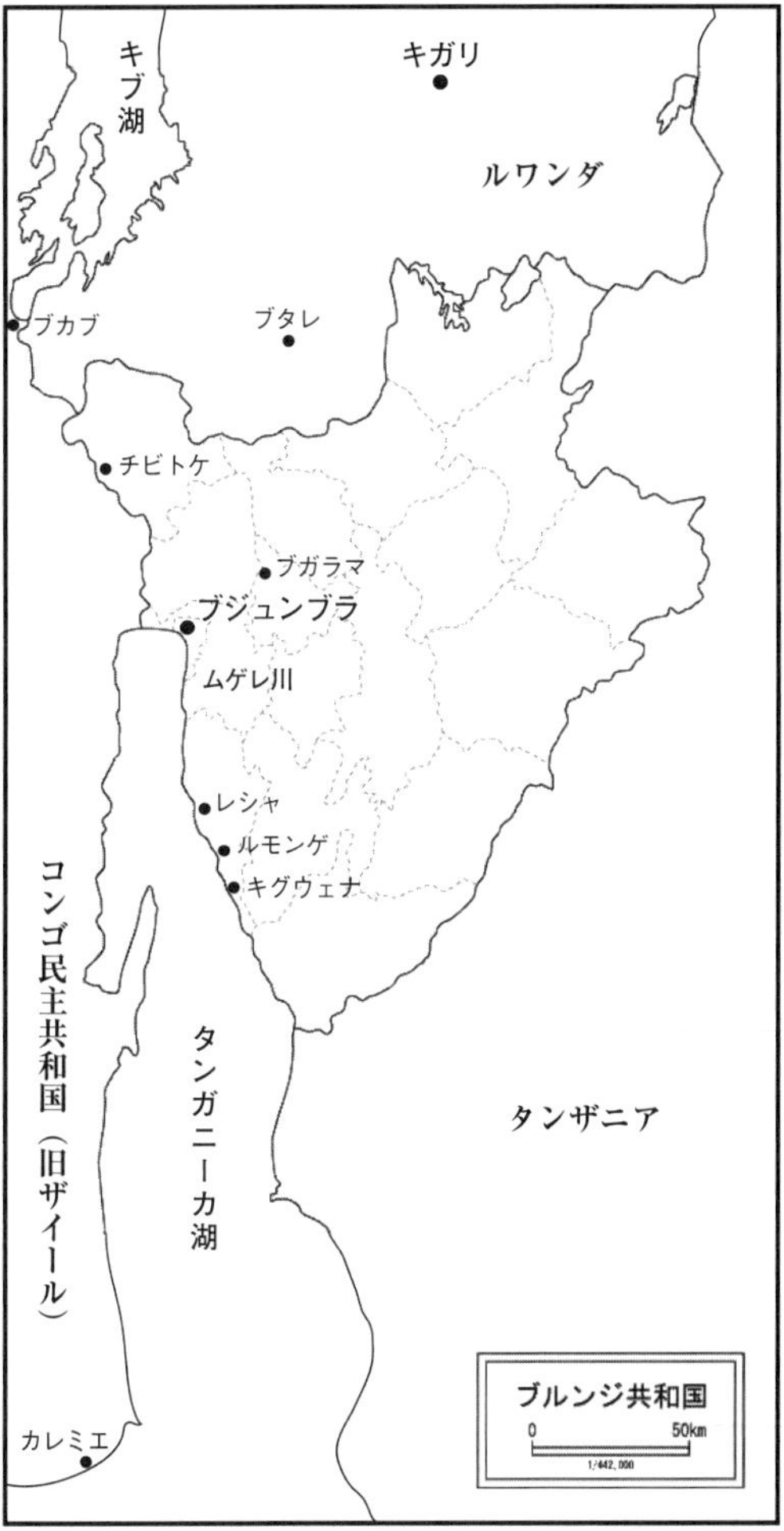
キブ湖
キガリ
ルワンダ
ブカブ
ブタレ
チビトケ
ブガラマ
ブジュンブラ
ムゲレ川
レシャ
ルモンゲ
キグウェナ
コンゴ民主共和国（旧ザイール）
タンガニーカ湖
タンザニア
カレミエ
ブルンジ共和国
0
50km
1/442,000

ちいさな国で

登場人物

ガブリエル（ギャビー）……ブルンジ生まれの少年
ミシェル……………………ガブリエルの父。フランス人
イヴォンヌ…………………ガブリエルの母。ツチ族のルワンダ難民
アナ…………………………ガブリエルの妹

ジャック……………………ザイール在住のベルギー人入植者

プロテ………………………ガブリエルの家の料理人
イノサン……………………ガブリエルの家の運転手
カリクスト…………………ガブリエルの家の使用人
ドナシアン…………………ミシェルが経営する会社のスタッフ

ウセビー……………………イヴォンヌの叔母
パシフィック………………イヴォンヌの弟
アルフォンス………………イヴォンヌの兄。ル《R》ワンダ愛《P》国戦線《F》に参加し死亡
ロザリー……………………ガブリエルの母方の曾祖母
ジャンヌ……………………パシフィックの妻

アルマン
ジノ
双子
……………………ガブリエルの友人
フランシス…………………ガブリエルたちのグループのライバル

エコノモポロス夫人…………ガブリエル一家の隣人

プロローグ

それがどんなふうにはじまったのか、ぼくにはほんとうにわからない。

だけど、父さんはちゃんと説明した。ある日、軽トラックのなかで。

「いいか、ブルンジはルワンダとおんなじだ。グループが三つある。いわゆる〝民族〟ってやつだ。いちばん多いのはフツ族。背が低くて、鼻がでかくてつぶれてる」

「ドナシアンみたいに？」ぼくは訊いた。

「いや、あれはザイール人だから、フツじゃない。たとえば、プロテさ。うちの料理人の。二つめのグループは、トゥワ族。ピグミーって呼ばれてる人たちだ。でも、彼らは無視してかまわない。ほんのちょっとしかいないから、数のうちにも入らない。残るはツチ族だ。おまえたちの母さんもそのひとりだ。フツ族よりずっと少数派だ。背が高くて、痩《や》せてて、鼻筋が通ってて、頭のなかがさっぱり読めない。そう、ガブリエル……」と言って、父さんはぼくを指さした。「おまえはまぎれもないツチだ。なにを考えてるのか、さっぱりわからないからな」

それについては同感だった。ぼく自身、自分がなにを考えているのか、さっぱりわからなかったから。それにどっちにせよ、父さんが語ってくれた事柄について、なにをどう考えればいいのだろう。だから、たずねた。

「ツチ族とフツ族が戦争してるけど、それはおなじ国に住んでいないから？」

「いや、そうじゃない、やつらはおなじ国に住んでいる」

「じゃあ……、おなじ言葉を使っていないから？」

「いや、おなじ言葉を使ってる」

「じゃあ、おなじ神さまを信じちゃいないから？」

「いや、おなじ神さまを信じてる」

「じゃあ……、なぜ戦争するの？」

「おなじ鼻をもってないからさ」

会話はそこで終わった。それにしても、腑《ふ》に落ちない話だった。父さん自身、ちゃんとわかっていなかったんだと思う。だけど、あの日からだ。ぼくが道行く人の鼻と背丈に注目するようになったのは。市《まち》の中心部に妹のアナとお遣いに行ったときは、ふたりして、あの人はフツ、この人はツチ、とこっそりあたりをつけ、耳打ちし合ったものだ。

「白いズボンをはいてるあの男の人、あれはフツだよね。ちっちゃくて、鼻が平べったい」

「ああ。あそこの帽子をかぶってる人は大柄で、がりがりで、鼻がすっとしてる。ツチだな」

「あっちの縞々のシャツの人は、フツで決まりね」

「まさか。よく見ろよ、のっぽで、痩せてるじゃないか」

「でも、鼻はつぶれて大きいよ！」

民族の外見にまつわる父さんの説明が眉唾ものだと思いはじめたのはそのときだ。けれど父さんは、ぼくらがそれについて話すのをいやがった。子どもは政治のごたごたにかかわるべきじゃない。それが父さんの持論だった。だけど、いやでもかかわらないわけにはいかなかった。周囲に立ちこめるあの微妙な空気が、日に日に重くのしかかってきていたから。学校のなかでさえ、級友たちが互いをフツ族かツチ族に仕分けし、ことあるごとにののしり合うようになっていた。映画〈シラノ・ド・ベルジュラック〉を鑑賞しているさなかに、こんなことを言う生徒もいた。「見ろよ、やつはツチだぜ。だって、鼻が高いもの」空気はいまや一変していた。どんな鼻の持ち主にも、はっきり嗅ぎとれるほどに。

　ぼくは寝ても覚めても考えている。帰ってみようかと。あの国を思い出さない日は一日もない。ちょっとした物音、拡散するにおい、午後の光、あるしぐさ、そしてときには、静けさ。たったそれだけで、子ども時代の記憶が呼び覚まされる。「帰ったところで、なんにもないでしょ。幽霊と瓦礫《がれき》の山以外には」アナはいつもそう言う。あの〝呪われた国〟の話は、もう二度と耳にしたくないのだ。ぼくは妹の言葉を拝聴する。そうなのだろうと自分に言い聞かせる。妹はいつだって、ぼくより賢かったから。だからぼくは、帰るなどという考えを頭から締め出そうとする。あそこにもどることはないと、きっぱり思い定めようとする。ぼくの人生はここにある。ここ、フランスに。

　ぼくはもう、どこにも住んではいない。住むというのは、ある場所の地勢に、環境がつくり出す窪《くぼ》みに、まるごとすっぽり収まることだ。ここでそんなことはありえない。ぼくはただ、通りすぎる。泊まり、過ごし、占拠する。ぼくの町は、実用本位の寝るためだけの場所だ。ぼくのアパルトマンには、塗り立てのペンキと張り立てのリノリウムのにおいが漂っている。ぼくの隣人は、見ず知らずの他人ばかりで、踊り場では互いに距離を置こうと、律儀に身を遠ざける。

ぼくはパリ近郊で暮らし、働いている。サン＝カンタン＝アン＝イヴリーヌ。地域圏《R》急《E》行鉄道網《R》C線。過去をもたない人生を思わせるニュータウン。よく言われるように、溶けこむには何年もかかった。定職、アパルトマン、余暇、友人をもてるようになるまでには。

ぼくはよく、インターネットを利用して女の子と出会う。ひと晩かぎりの、あるいは、せいぜい数週間のつき合いを求めて。デートをする女の子たちはそれぞれタイプがちがうけれど、どの子もそれぞれ美しい。ぼくは彼女たちが自分自身について語る話に耳を傾け、その髪のにおいを嗅ぎながら甘い気分に浸る。そしてそのコットンのような腕、脚、身体にすっかり身をゆだねる。女の子たちは判で押したようにおなじ質問を、ぼくの胸を疼《うず》かせるあの質問を投げかける。もっとも、それはいつも出会いの初日に発せられる——出身《くに》はどこ？　よくある月並みな質問。関係を深めるための通り道にさえなりかけている質問。ぼくのキャラメル色の肌が、どんな民族のどんな出自の人なのか、見る人の興味をかき立てるのだろう。「ぼくは人間さ」そんな答えに、向こうは納得しない。けれど、ぼくは口論を挑んでいるわけじゃない。奇を衒《てら》おうとか、気の利いたことを言おうとかいう意図すらない。ぼくはリンゴ三個分ならぬマンゴー三個分の背丈のときから、つまりごくごく小さなときから、すでに心に決めていたのだ。ぼくという人間を、枠に入れて決めつけることはけっしてすまいと。

夜のデートはつづく。ぼくのテクニックは冴えわたる。女の子たちは話す。彼女たちはぼくに話を聞いてもらうのが大好きだ。ぼくのほうは酒に浸る。浴びるように飲む。強いアルコールに溺れ、誠実さをかなぐり捨てて獰猛なハンターと化す。彼女たちを笑わせ、夢中にさせる。戯《たわむ》れに、みずから出自にまつわる質問に立ちもどる。みずから進んで謎めいた存在でありつづける。そうして鬼ごっこを楽しむ。ぼくは冷笑を浮かべて、ぼくのアイデンティティは累々《るいるい》たる死体に匹敵する重みがあるのさ、などとうそぶく。女の子たちは二の句が継げない。あの子たちが求めているのは、軽さだから。つぶらな瞳で、ただぼくを見つめる。ぼくは欲情する。向こうから身を任せてくることもある。あなたはユニークだと言う。けれど、ぼくが彼女たちをおもしろがらせるのは、ほんのいっときだけだ。

ぼくは寝ても覚めても考えている。帰ってみようかと。ぼくはその考えを、ひたすら遠くへ押しやる。埋もれた真実や、祖国の戸口に置き去りにしてきた悪夢と再会するのが怖くて。この二十年のあいだ、ぼくは幾度となく、夜は眠りのなかで、昼は夢想のなかで、家族や友だちと幸せな時を過ごしたあの地区に、あの袋道に立ち返った。子ども時代はぼくに、どうにもできない痕跡を残した。調子のよい日には、ぼくの力と感性のみなもとがあるのはあの場所だと思う。空き瓶の底にいるときは、ぼくが世界に適応できないわけを、あの場所に見出している。

ぼくの人生は長々とした戯言《たわごと》のようだ。あらゆることが気になるのに、なにごとにも夢中になれない。ぼくには没頭するのに必要な塩気が足りないのだろう。ぼくは覇気を欠く、凡庸《ぼんよう》な腑抜けのひとりだ。ときどき、自分で自分をつねってみる。社会の一員としての自分、働いている自分、職場の同僚と一緒にいる自分を観察する。ほんとうにこれがぼくなのか？　エレベーターの鏡に映るこの男が？　コーヒーマシンのそばでつくり笑いを浮かべているこの男が？　まるで自分とは思えない。ぼくはあまりにも遠い場所からやってきたものだから、ここにこうしていることにいまだに驚いている。同僚たちは天気やテレビ番組について話している。会話はもう耳に入らない。呼吸が苦しい。

シャツの襟もとを緩める。ぼくの身体は布地でがんじがらめになっている。履いている靴に視線を落とす。磨きあげられた靴は光沢を放ち、そのきらめきにぼくは意気消沈する。ぼくの足はいったいどうなったんだ？　足は左右とも、靴のなかに隠れている。それらが裸足で闊歩《かっぽ》するのを目にすることはなくなった。窓に近づく。雲が重く垂れこめている。灰色の霧雨が糸を引くように降っている。ショッピングセンターと線路のあいだにこぢんまりと収まった公園に、マンゴーの木は一本も見あたらない。

その夜、職場を出ると、駅前にある最寄りのバーに直行した。テーブルサッカーの台の前に陣取り、ぼくの三十三歳を祝ってウィスキーを注文する。妹の携帯電話の番号を押すけれど、応答はない。ぼくはしつこく食いさがる。何度もおなじ番号を押す。そしてようやく、妹がロンドンに出張中であることを思い出す。それでも言いたい、伝えたい、今朝方あった電話のことを。あれは運命のサインにちがいない。やはり向こうに帰ってみるべきなのだ。気持ちの整理をつけるためだけにでも。心にとりついて離れないこの話に、きっぱり片をつけるためだけにでも。開けっぱなしにしてきたドアを、ちゃんと閉めるためだけにでも。もう一杯、ウィスキーを注文する。頭上を流れるテレビの騒がしい音声が、つかの間ぼくの思考を覆う。延々とニュースを繰り返す番組が、戦火から逃れてきた人びとの映像を流している。ぼくはそうした人びとを乗せてヨーロッパの地に流れ着いた間に合わせの小船を見つめる。船から降りてくる子どもたちは、寒さと飢えと渇きで震えている。あの人たちは狂気に満ちたこの世界を、命がけで生きている。ぼくは画面のなかの人びとをながめる。特等席にゆったり腰を落ち着け、ウィスキーを片手に。彼らは地獄から理想郷《エルドラド》目指して逃げてきた——そう世間の人たちは考えるだろう。そんな考え、的はずれもいいところだ！　そして、あの人たちが心の裡《うち》に抱えもつ祖国については、報じることすらしない。詩情と情報はちがうから。けれど、命のともしびが消える最期の瞬間まで残るのは、詩情だけなのだ。テレビの画面から目をそらす。映像が伝えるのは現実であって、真実ではない。いつの日か、あの子たちは真実を記すだろう。ぼくの心は、冬の高速道路の無人のサービスエリアのように寂しさに沈む。毎年おなじ、毎年誕生日が来ると、深い憂鬱にとらわれる。それは熱帯に降り注ぐ雨のように、ぼくの心に降りかかる。父さん、母さん、仲間たち、そして捌《さば》いたワニを庭の奥で焼いた、あの永遠につづくかのような誕生パーティーを思い出すときは……。

1

両親が別れたほんとうの理由のあれこれを、ぼくが知ることはもうかなわない。けれどふたりのあいだには、はじまりからすでに重大な行きちがいがあったにちがいない。ふたりの出会いのなかには、だれもが見落とした、あるいは見ようとはしなかった製造ミス、注意をうながす星印《アステリスク》があったのだ。かつて、ぼくの両親は若く、美しかった。その心は、独立を祝福する太陽のように、希望で膨らんでいた。ひと目でわかるほどぱんぱんに！　結婚式の日、父さんは指輪をはめてもらって天にも昇る心地がしただろう。もちろん、父さんにも魅力がなかったわけじゃない。あの父さんにも。眼光鋭い緑の目。ところどころ金色味を帯びた栗色の髪。バイキングを思わせる長身。だけどその魅力は、母さんの足首にもおよばなかった。母さんの足首！　あれはまさに一見の価値ありだった。そこからすらりとのびる脚がはじまっていて、それを見た女たちのまなざしには敵意が浮かび、男たちのまなざしの先ではブラインドの羽根がわずかに押し広げられた。父さんはフランスのジュラ山地で育ち、兵役の代替任務につくため偶然アフリカにやってきた。山あいにある故郷の村の風景は、ブルンジのそれと大差なかった。けれど、そこには母さんとおなじ身のこなしをする女性たちも、流線形をした淡水葦《あし》も、アンコーレ牛と同じ大きな瞳をもち、黒檀の肌をした摩天楼みたいに背の高い美女たちもいなかった。それに、あの音楽！　結婚式の日、調弦の狂ったギターのアンサンブルがご機嫌なルンバを奏で、星をちりばめた空の下で幸せの口笛がチャチャチャのメロディーを刻んだ。若いふたりには明るい未来が約束されたも同然だった！　あとはただ、愛し、生き、笑い、存在するだけでいい！　いつもすべてが一直線に突き進んでいた。立ち止まらずに、コースのはしまでまっしぐらに。コースを少々飛び出したって、なに、かまやしない。

とはいえ、問題もあった。父さんも母さんもまだ若く、かつかつの暮らしを送っていたのに、責任ある大人になるようすぐさま求められたのだから。青春期と成長期と夜明かしの日々を通りすぎたばかりだというのにもう、空き瓶の山を片づけ、灰皿からマリファナの吸い殻をとりのぞき、サイケデリック・ロックのレコードをジャケットに収め、ベルボトムのズボンとインディアン風シャツをたたまなければならなくなった。終了のベルはすでに鳴り終えていた。そしてほどなくして、子ども、税金、義務、心配事が降りかかってきた。あまりにも早く、あまりにも急に。それらと手をたずさえて、疑念も生まれた。進路に立ちはだかる者たち、独裁者、クーデター、構造調整プログラム、理想の放棄、寝起きの悪い朝、そしてベッドでぐずつく時間が日ごとのびていく太陽も。現実が幅を利かせはじめた。過酷で容赦のない現実が。すべてのはじまりにあった鷹揚《おうよう》さは、振り子が冷酷に時を刻んでいるような横暴なリズムにとって代わった。ふたりの生来の気質が、仇《あだ》となって跳ね返ってきた。ふたりはその衝撃を、まともに食らった。両親は認めないわけにはいかなかった。欲情と愛情を履きちがえたことを。互いが互いの美点を勝手につくり出していたことを。ふたりが分かち合ったのは夢ではなく、ただの幻想だった。けれど、夢ならふたりとももっていた。めいめい自分本位の、自分だけの夢を。そしてそれぞれ、相手の期待にこたえようとはしなかった。

だけど、すべてが起こる前、これからぼくが語ろうとしているあれこれが生じる前にあったのは、まぎれもない幸せだ。説明の必要などない暮らしだ。かつてずっとそうであり、ずっとつづけばいいとぼくが願った、あるがままの暮らし。耳もとで踊る蚊もおらず、ぼくの頭の鉄板を打ち鳴らすあの問いの雨が降り注ぐこともない、穏やかで安らかな眠り。幸せだったころ、「調子はどうだい？」と訊かれれば、ぼくはいつも「上々さ！」と答えていた。間髪容れずに。幸せは人を考えることから遠ざける。だから、幸せでなくなってはじめて、ぼくは「調子はどうだい？」と訊かれると、はたしてどうだろうと首をひねるようになったのだ。調子がいいのか悪いのか、天秤がどちらにかしぐか頭を悩ませ、答えをはぐらかし、軽くうなずくだけになったのだ。もっとも、国じゅうがそうだった。みんなが、「まあ、なんとか」とお茶を濁すようになった。というのも、ぼくらの身に降りかかったさまざまな出来事のあと、人生が調子よく進むことなど、もうありえなくなったから。

2

幸せの終わりのはじまりは、ザイール（現コンゴ民主共和国）のブカブに住むジャックの家の大きなテラスで過ごした、あのサン＝ニコラの祭日にまでさかのぼるのだろう。当時、父さんとぼくら兄妹は月に一度、老ジャックの家を訪ねるのが習慣になっていた。その日はめずらしく、母さんもぼくらにつき合った。もっとも母さんは、数週間前からすでに父さんとはろくに口も利かなくなっていた。出がけにぼくらは銀行に寄り、外貨を手に入れた。銀行を出ると、父さんは言った。「これでうちは大金持ちだ！」モブツ政権下のザイールでは通貨価値が暴落し、飲み水一杯買うのにも、五百万ザイール紙幣が何枚も必要なありさまだった。

国境検問所を過ぎると世界が一変し、ブルンジ人の寡黙さがザイール人の騒々しさに席を譲った。喧騒に満ちた雑踏のなかで人びとが親しげに言葉を交わし、声をかけ合い、家畜市でも開かれているみたいにののしり合っている。垢まみれのやかましい子どもたちがサイドミラーやワイパーや、水たまりの泥で汚れたホイールリムをうらやましげに見つめているそばで、山羊たちが手押し車何台分かの紙幣と引き換えに、串刺しとなったわが身を惜しげもなく差し出していた。バンパー同士をくっつけ合うようにしてとまっている貨物トラックやマイクロバスの列を、娘たちがジグザグにすり抜ける。おそらく若くして身ごもってしまった未婚のお母さんたちだろう、粗塩に漬けこんだゆで卵や、ピリ辛の落花生を買ってもらおうともぐりの商売に精を出している。ベルリンの壁の崩壊が引き起こした苦境を切り抜けるため、ほんの数百万ザイールの施しを求める物乞いたちの姿も見える。その脚はポリオの後遺症でよじれていた。揺れるメルセデスのボンネットに立ち、ボールニシキヘビの革の表紙にくるまれたスワヒリ語の聖書を手に、世界の終末が差し迫っているとがなり立てている牧師もいた。錆の浮いた詰め所では、兵士がひとり、半ば居眠りしながら気だるそうにハエ叩きを振っていた。もわっとする熱気にまじった軽油のにおいで、兵士の喉も干上がっているにちがいない。兵士にはしばらく前から給与が支払われていなかった。どの道路にもそこかしこに、もとは小さな窪みだったと思われる巨大な割れ目が広がっていて、車を走らせるのもひと苦労だ。けれど、苦労を味わっているからといって、税関職員のチェックが甘くなるわけではない。職員は車両を一台一台つぶさに点検し、タイヤの溝の擦り減り具合や、エンジンの冷却水の量や、ウィンカーの作動状況を確認した。そして期待していたような不具合が見つからないと、洗礼証書や聖体拝領証書の提示がなければ入国できないと言い出した。

その日の午後、父さんは根負けし、そうした汚いいやがらせの数々が暗に要求している袖の下をつかませることにした。そうしてようやく国境のゲートが開き、ぼくらは道端の温泉から上がる湯けむりにつつまれながら目的地を目指した。

ウビラという小さな町からブカブに向かう途中、安食堂に立ち寄り、バナナの揚げ菓子《ベニェ》と円錐形の紙容器に入ったシロアリのフライを買った。あちこちにある安食堂は、どれもこれもおかしな看板を掲げている。〈オ・フーケ・デ・シャンゼリゼ〉、〈スナックバー　ジスカール・デスタン〉、〈レストラン　お靴ろぎ亭〉。父さんは地元民の豊かな発想を讃え、店先の看板を写真に残そうとポラロイドカメラを取り出した。すると母さんは舌を鳴らし、父さんをたしなめた。こんな白人受けの演出を喜ぶなんて、みっともないったらありゃしない。

車は鶏や鴨の群れや、子どもたちの一団を轢《ひ》きそうになりながらブカブに着いた。ブカブはキブ湖のほとりにあるエデンの園みたいな場所で、かつては時代の先端をいく町だったのだけれど、いまではアール・デコの遺物に成りさがっている。ジャックの家ではテーブルがしつらえられ、ぼくらを迎える準備が整っていた。ケニアのモンバサから新鮮な大エビもとり寄せられていた。父さんは声を弾ませた。

「生牡蠣の盛り合わせにはかなわないけれど、やっぱりありがたいよ。たまにはこうしたご馳走も食べないと！」

「なにが不満なの、ミシェル？　うちの食事がひどいとでも言いたいわけ？」母さんが棘《とげ》のある口調で言った。

「ああ、そうとも！　うちの料理人のとんまなプロテときたら、昼食に出すのはいつだって現地人が食う芋料理だ。せめてリブロースのちょうどいい焼き加減をマスターしてくれたらなあ！」

「ミシェル、おまえなんてまだましさ！」ジャックがすかさず言った。「うちの料理猿は寄生虫を殺すっていう名目で、なんでもかんでもがんがんに火を通す。おかげで血の滴るステーキがどんなものか、もう思い出せんありさまだ。ああ、ブリュッセルにもどって、赤痢菌まみれの食いものが食べたいよ！」

大人たちはいっせいに笑ったけれど、ぼくとアナはテーブルのはしでじっとおとなしく座っていた。当時ぼくは十歳で、アナは七歳。だからおそらく、ジャックのユーモアがわからなかったんだろう。それにどっちにせよ、話しかけられたとき以外、口を利いてはいけないと父さんにはっきり言い渡されていた。それはどこかにお呼ばれしたときの鉄則だった。父さんは子どもが大人の話に口をはさむのをいやがっていた。ジャックの家ではとくに。ジャックは父さんの第二の父のような存在で、お手本だった。無意識に表情やしぐさや、さらには声のトーンまでまねてしまうほどの。「おれにアフリカを教えてくれたのはジャックさ！」父さんは母さんによくそう言っていた。

ジャックは風を避けようとテラスのテーブルの陰に身をかがめ、二頭の鹿が彫られた銀のジッポーのライターでタバコに火をつけた。そして姿勢を正すと、鼻孔から煙の渦を吐き出した。それからいっときキブ湖をながめた。ジャックの家のテラスから、彼方に消えゆく小島の連なりが見えた。向こう岸、湖の反対側にあるのはルワンダの町チャンググだ。母さんはその向こう岸にずっと目を凝らしている。ぼくらがジャックの家で昼食をご馳走になるたびに、胸がふさがるような思いを味わっていたにちがいない。母さんは一九六三年に祖国ルワンダを離れた。自宅が火の海につつまれた、あの虐殺の夜に。当時四歳。以来、一度もルワンダには帰っていない。その祖国がそこ、ほんの少し離れたところ、手をのばせばとどきそうな場所に広がっている。

ジャックの庭の植物は、年老いた庭師の手で見事に刈りこまれていた。庭師は大きく揺れる振り子を思わせる動きで、ゴルフクラブを扱うように山刀をふるっている。ほんのすぐ先では、メタリックグリーンのハチドリたちが、赤いハイビスカスの蜜をせわしなく吸いながら美しい舞を披露していた。レモンやグアバの木陰をのんびり散歩するカンムリヅルのつがいも見える。ジャックの庭では生命がひしめき、色彩が弾け、レモングラスの芳香が漂っていた。そのいっぽうで、ニュングェの森から伐り出しためずらしい木材と、ニーラゴンゴ火山の黒々とした多孔質岩でつくられた家は、スイスの山小屋のような趣を呈していた。

　ジャックがテーブルのベルを鳴らすと、料理人が飛んできた。コック帽と白い上っ張《タブリ》り《エ》に、ひび割れた裸足。なんともちぐはぐなかっこうだ。

「プリムスを三本もってこい。それに、このごたごたをちっとは片づけろ！」ジャックが命じると、母さんが料理人に声をかけた。

「元気にやってる、エヴァリスト？」

「ええ、奥さま、神さまのおかげでなんとか！」

「神さまの話はよしてくれ！」ジャックが釘を刺した。「おまえが元気にやってるのは、ザイールにまだ白人がいくらか残ってるからだ。それで商売がまわってる。おれがいなきゃ、おまえはおまえの同類とおなじく物乞いするはめになるだろうよ！」

「神さまとは旦那さまのことを指すのです！」料理人は抜け目なく言い返した。

「減らず口を叩きおって、この猿め！」

大人たちがわっと笑う。ジャックはつづけて言った。

「女とは三日とつづかないこのおれが、このチンパンジーと三十五年も連れ添うとはなあ！」

「わたくしめと結婚してくだされればよかったのですよ、旦那さま！」

「黙らんか！　くだらんことをほざいてないで、さっさとビールをもってこい！」ジャックはもう一度大笑いすると、急に咳きこんだ。その音に、ぼくは胃に収めたばかりのエビをもどしそうになった。

料理人は讃美歌を口ずさみながらテラスを離れた。ジャックは自分のイニシャルの刺繍が入ったハンカチを口にあてて盛大に咳払いをすると、ふたたびタバコに手をのばし、ニスを塗った寄木張りの床に灰を落とした。そして父さんに向き直った。

「最後にベルギーに行ったとき、医者たちに禁煙しろって言われたよ。禁煙しないと、じきに死ぬとな。おれはこの国で数々の修羅場をくぐり抜けた。戦争、略奪、物不足、ボブ・ディナール（アフリカ各地で発生したクーデターや紛争で暗躍した仏人傭兵隊長）とコルヴェジ占領（一九七八年、反政府勢力のコンゴ解放民族戦線が現コンゴ民主共和国南東部にあるコルヴェジを占拠。二千人超の欧米人を事実上捕虜とした）、三十年におよぶばかばかしい〈ザイール化政策（一九六五年にクーデターで政権を掌握したモブツ大統領が推進。国名がコンゴからザイールに変更された）〉。でもって、結局、タバコでくたばることになるとはなあ。ったく、勘弁してくれよ！」

ジャックの手とはげあがった頭には老人性のシミが点々と散っていた。ぼくがジャックの短パン姿を目にするのはその日がはじめてだった。つるりとなまっちろい脚は、日焼けした前腕や陽にさらされて深い皺が刻まれた顔と鮮やかな対照をなしていた。種類のちがうばらばらのパーツを組み合わせたみたいな身体だ、とぼくは思った。

「たぶんお医者さんの言うとおりよ。少しタバコは控えなきゃ」母さんが心配そうに言った。「一日に三箱はいくらなんでも吸いすぎよ、ジャック」

「きみまでやめてくれよ」そう口にしながらも、ジャックはあいかわらず父さんのほうを向いていた。まるで母さんなんか存在しないみたいに。「おれの親父は煙突のごとくタバコをふかしてた。それで九十五まで生きたんだ。しかも苦難の連続でね。レオポルド二世時代のコンゴといやあ、そりゃもう、たいへんなんてもんじゃない！　頑丈だったんだな、うちの親父は！　カバロからカレミエまで鉄道線路を敷いたのも親父だ。もっとも、とうの昔にあの線路は使いものにならなくなってしまったがね。このどうしようもない国のほかのいろんなものとおんなじように。ったく、しっちゃかめっちゃかさ！」

「ぜんぶ売っぱらえばいいじゃないか？　売っぱらって、ブジュンブラに移ってくればいい。あそこは暮らしやすいぞ」父さんは思いつきをすぐに口にするときに見せる、あの興奮した口調で言った。「仕事は山ほどあり、入札募集は引きも切らない。いまのところ、金には不自由なしだ！」

「ぜんぶ売っぱらうだと？　ばかを言いなさんな！　妹も年じゅう電話をかけてくるよ。ベルギーの自分のところに来いとな。『帰ってきなさいよ、兄さん。きっとひどいことになるわよ。ザイール人が相手だと、最後はいつだって、白人への略奪と私刑《リンチ》で終わるじゃない』だとさ。だが、このおれがイクセルのアパルトマンでおとなしく暮らしてる姿なんぞ、想像できるか？　あそこに住んだことなど一度もないのに、どうすりゃいいのさ、この齢《とし》で。はじめてベルギーに行ったのは二十五のときだ。腹に二発、銃弾が入ったままで。カタンガ州で共産主義者に対する掃討作戦を行なったとき、待ち伏せ攻撃されたのさ。あのときは手術台に直行し、腹を縫い合わされるやすぐにここにもどってきた。おれは筋金入りのザイール人だ。黒い連中以上にな。おれはこの地で生まれ、この地で死ぬ！　ブジュンブラはほんの数週間過ごすにはちょうどいい。二つ三つ契約書にサインし、何人かの大物《ブワナ》と握手し、食いもの屋をめぐり、旧友たちを訪ね歩いたらもどってくる。だがな、ブルンジ人はごめんこうむる。少なくともザイール人はわかりやすい。とりあえず袖の下を握らせればなんとかなる！　だがブルンジ人にはお手上げだ！　なにしろ、わざわざ右手で左耳をかくような、ややこしい連中だもの……」

「それって、わたしがミシェルにいつも言ってることよ」母さんが口をはさんだ。「わたしだって、あの国はもうたくさん」

「きみの場合はちがうだろ、イヴォンヌ」父さんがムッとした声で言い返した。「きみが夢見てるのはパリ暮らしだ。なにしろ、パリが一番って思いこんでるんだから」

「ええ、向こうに移り住んだほうがいいはずよ。あなたにとっても、わたしにとっても、子どもたちにとっても。ブジュンブラの暮らしに、どんな未来があるって言うの？　あなたに思い描ける？　あの惨めな暮らし以外に」

「またかよ、イヴォンヌ！　ブルンジはきみの国じゃないか」

「ちがう、ちがう、ぜったいにちがう。わたしの国はルワンダよ！　あそこ、湖の向こう、あなたの真向かいにあるルワンダよ。わたしは難民なの、ミシェル。ブルンジ人にとって、わたしはいつだって難民だった。あの人たちはそのことを、侮辱やほのめかしや、外国人への割りあて制度や学校への入学制限を通じて、いやというほどわたしにわからせた。だから、ブルンジのことをどう思おうと、わたしの勝手よ！」

「いいか、イヴォンヌ」父さんはなだめるような口調で言った。「まわりをよく見ろ。すばらしい山々、湖、自然。ぼくらは立派な家に住み、使用人を抱え、広々とした場所で子育てし、気候にも恵まれている。商売のほうも順調だ。ほかになにを望むんだ？

こんな贅沢、ヨーロッパでは手に入らないぞ。ああ、そうとも！　あそこはきみが考えてるような天国とは似ても似つかない。ぼくが二十年間ここで暮らしているのはなぜだと思う？　ジャックがベルギーよりこっちに住みたがるのはなぜだと思う？　ここではぼくらは特権階級だ。だが、向こうでは何者でもない。なぜきみは聞く耳をもたない？」

「まあ、ペラペラペラペラ、うまいことばかり言って。でも、わたしはここの舞台裏を知っている。あなたが連なる丘のなだらかさに目を奪われてるとき、わたしの目に映るのは、そこに暮らす人びとの貧しさよ。あなたが湖の美しさに感嘆の声をあげてるとき、わたしの鼻はもう、水中でよどむヘドロのにおいを嗅いでいる。あなたはフランスの静かな暮らしを逃れ、冒険を求めてアフリカにやってきた。ご苦労なことね！　わたしが求めてるのは、これまで手にすることのできなかった安全と、死におびえずにすむ国で安心して子育てできる環境よ。だって、ここは……」

「いい加減にしろ、イヴォンヌ。きみの心配性と被害妄想はもうたくさんだ。きみはなんでもかんでも大袈裟に騒ぎ立てる。きみにはいまやフランスのパスポートがあるんだぞ。だから不安に思うことなどなにもない。きみが暮らしてるのはブジュンブラの邸宅だ。難民キャンプじゃない。だから頼む、偉そうな口を利くのはやめてくれ！」

「フランスのパスポートなんて、知ったことじゃない。あんなもの、あれに対しては——そこらじゅうをうろつくあの脅威に対しては、役立たずよ。ミシェル、あなたはわたしの話を聞いてくれない。これまで一度だって耳を傾けてくれたことがない。あなたは遊び場を求めてここに来た。西洋の甘やかされた子どもの夢物語を引きのばそうとして……」

「なにを言い出すんだ？　正直、きみにはうんざりだ！　アフリカ人の多くがきみの身分をうらやんでるっていうのに……」

母さんがあまりにも険しい目でにらんだものだから、父さんは言葉をのみこんだ。母さんはつづけた。冷静きわまりない口調で。

「かわいそうなミシェル。だってもう、自分の言ってることすらわからないみたいだもの。ひとつ忠告しておくわ。差別発言は避けるべきよ。人種差別はあなたにそぐわない。既成の秩序に逆らった元ヒッピーのあなたには。差別的な態度や物言いは、ジャックや帝国主義が抜けないほかの白人入植者に任せなさい」

ジャックはタバコの煙にむせて息を詰まらせた。母さんはなに食わぬ顔で立ちあがると、父さんの顔にナプキンを投げつけ、テラスを出ていった。ちょうどそのとき、ジャックの料理人がわざとらしい笑みを浮かべ、プラスチックの盆にベルギー産プリムスビールを載せてもどってきた。

「イヴォンヌ、どこに行く？　もどってこい！　いますぐジャックに謝るんだ！」父さんは両のこぶしをテーブルに置き、椅子から尻を浮かせた。

「ほうっておけ、ミシェル」ジャックは言った。「ったく、女ってやつは……」

3

つづく何日かのあいだ、父さんはしょっちゅう母さんにやさしい言葉をかけ、冗談を言ってご機嫌とりをした。けれど、母さんの冷ややかな態度がやわらぐことはなかった。ある日曜日、父さんは急に思い立ち、ぼくらをブジュンブラから六十キロ離れた湖畔の町レシャまで昼食に連れ出すことにした。それがぼくらにとって、家族四人で過ごした最後の日曜日になった。

全開にした車の窓から風がびゅうびゅう吹きこんでいたので、会話ひとつ交わすのも容易じゃなかった。もっとも、母さんはぼんやりうわの空で、父さんだけが沈黙を埋めようと、求められてもいない説明をとうとうとまくし立てていた。「ごらん、あれはカポックの木だよ。ドイツ人が十九世紀の終わりにブルンジにあの木をもちこんだんだ。枕の詰めものにする繊維がとれる木さ」湖沿いの道路は、南にあるタンザニアの国境まで一直線にのびていた。父さんは説明をつづけたけれど、だれも聞いてはいなかった——

—タンガニーカ湖は世界一魚が豊富で、世界一細長い湖だ。長さは六百キロ以上あり、面積はブルンジの国土より広い……。

　雨季の終わりで空が澄んでいた。五十キロ離れた湖の対岸にあるザイールの山々に建つ民家のトタン屋根が、陽の光を受けてきらめいている。稜線の手前に浮かぶ白い小さな雲は、まるで丸い脱脂綿のようだ。

　このところの大雨でムゲレ川に架かる橋が崩れ落ちていたので、車は川床を横切らなければならなかった。車内に水が入りこみ、父さんは購入後はじめてパジェロの四輪駆動を作動させた。レシャの町の入り口で、〈レストラン　ル・カステル〉と書かれた案内板が目に入った。マンゴーの木が連なる細い土道を進んで駐車場に着くと、しらみとりに精を出していた緑猿《サバンナモンキー》の群れに出迎えられた。レストランは赤いトタン屋根の奇妙な建物で、屋根の上には腕木式信号機がとりつけられ、入り口には古代エジプトのアメンホテプ四世を象《かたど》った銅のプレートが掲げられていた。

　ぼくらはテラスに設けられた、アムステルビールのロゴが入ったパラソルつきのテーブルに陣取った。ほかに客はひと組だけで、バーカウンター近くのテーブルを囲んでいた。大臣が家族で食事に来ているらしく、武器をたずさえたふたりの兵士がつき添っている。大臣の子どもたちはぼくら兄妹に輪をかけて行儀がよく、じっとおとなしく座っている。目の前に置かれたファンタの瓶にときおりおずおずと手をのばすだけだ。スピーカーから小さく、ノイズの入ったカンジョ・アミシのカセットテープの音楽が聞こえてくる。父さんは指でくるくる鍵をまわしながら、プラスチックの椅子の上で落ち着きなく身体を揺らし、母さんは寂しげな笑みを浮かべてアナとぼくを見つめていた。給仕人が来ると、母さんが注文した。「キャピテン（ツバメコノシロ科の魚）の串焼き四本！ フルーツジュース二本。アムステル二本」従業員や使用人に対して母さんはよく、単語を並べただけの電報の文面のような物言いをする。下働きをしている者には動詞を使うまでもない、と思っているらしい。

　ブルンジでは料理が出てくるまでたっぷり一時間はかかることがしょっちゅうだ。父さんがまわす鍵のカチャカチャいう音と、母さんの無理やりのつくり笑いにはさまれて、テーブルには気まずい空気が漂っていた。そこでぼくは料理を待つあいだ、アナと一緒に湖に行くことにした。水中にダイブしようとするぼくらを、父さんは脅かした。「ワニがいるから気をつけろ……」岸から十メートルほど離れた水面すれすれに、カバの丸い背中を思わせる岩が飛び出している。ぼくらはその岩まで競争した。そのあと、さらに先にある鉄製の桟橋まで行き、そこから湖に飛びこんだり、ターコイズブルーの水のなかをのぞきこんだりした。大きな岩のあいだを魚たちが泳いでいる。桟橋にとりつけられたはしごを登ると、砂浜にいる母さんが見えた。白いアンサンブル、栗色の太革のベルト、ヘアバンドのように頭に巻いた赤いスカーフ。料理が来たわよ。母さんが手招きした。

食事がすむと、父さんはヒヒを見に行くぞと言って、キグウェナの森まで車を走らせた。ぼくらは、緑のエボシドリが数羽いるだけでなんの目印もないぬかるむ小道を一時間近く歩いた。母さんと父さんのあいだにはあいかわらず重苦しい空気が流れている。ふたりは言葉を交わすことなく、互いに視線を避けていた。靴にべったり泥がへばりついた。アナはだれよりも早くヒヒを見つけようと、ぼくらの前を駆けていた。

キグウェナの森のあとは、ルモンゲにあるパーム油工場まで足をのばした。父さんは一九七二年にはじめてブルンジに来たとき、この工場の建設工事を監督した。機械類はみんな古ぼけ、建物全体が油まみれになっているみたいに見えた。乾燥させるため、大きな青いシートにヤシの実が山積みになっていた。工場の周囲には何キロにもわたってヤシ園が広がっている。父さんがパーム油搾りのさまざまな工程について説明しているあいだ、母さんはひとりその場を離れ、とめてあった車に向かった。その後、ぼくらも車にもどりドライブが再開されると、母さんは窓をぜんぶ閉め切ってエアコンをかけ、カーステレオにカジャ・ニンのカセットテープを挿し入れた。ぼくとアナはテープに合わせて〈サンボレラ〉を歌いはじめた。すると母さんも一緒に歌った。魂をそっとやさしく撫でるようなその美しい声は、エアコンの冷風とおなじくらいぼくをぞくりと身震いさせた。カセットテープを止めて、母さんの声だけ聴きたかった。

ルモンゲの市場を通り抜けるあいだ父さんはギアチェンジし、シフトレバーを操作した手をさりげなく母さんの膝に置いた。母さんはその手を振り払った。皿の上を飛ぶハエを追い払うような勢いで。父さんがちらりとバックミラーをうかがった。ぼくはとっさに顔を窓に向け、なにも見なかったふりをした。〈三十二キロメートル〉の標示がある場所で、母さんはウブサグウェ（冷えたキャッサバのペースト）を丸めてバナナの葉でつつんだものを買った。買った品物は車のトランクに積んだ。ドライブの締めくくりに、リヴィングストンとスタンレーの石碑に立ち寄った。石碑に〈リヴィングストン、スタンレー、一八八九年十一月二十五日〉と記してあるのが読めた。ぼくとアナは、このふたりの冒険家の出会いのシーンを想像してふざけ合った。「これはもしや、リヴィングストン博士ではござらぬか？」遠くで父さんと母さんが言葉を交わしているのが見えた。やっと仲直りしてくれる。ぼくの胸は期待に高鳴った。そして、父さんがそのたくましい腕で母さんを抱き寄せ、母さんが父さんの肩に頭をあずけ、ふたりで仲良く手をつないでバナナ園まで下りてくる展開を願った。けれど、ふたりの身振りと、相手を責めるように互いの鼻先に突きつけられた人差し指を見て、言い合いをしているのだとわかった。吹きつける生暖かい風のせいで、話の中身は聞こえない。ふたりの背後でバナナの木がたわみ、ペリカンの一群が岬の上空を舞っている。西の小高い台地の背後に赤い太陽がちょうど沈むところで、まばゆい光がきらめく湖面を覆っていた。

その夜、母さんの激しい怒りが家の壁を震わせた。グラスの割れる音、窓ガラスの壊れる音、皿が床に落ちて砕け散る音が響きわたった。

父さんは何度も繰り返した。

「落ち着くんだ、イヴォンヌ！　近所じゅうが目を覚ますぞ！」

「そんなこと、どうだっていいでしょ！」

嗚咽《おえつ》が母さんの声を、泥と砂利の奔流に変えていた。とめどなく流れる血のような言葉が、うなりをあげるののしりの言葉が、夜を満たしていった。騒々しい物音は、いまや家の敷地のあちこちを移動していた。あるときは子ども部屋の窓の下で母さんの怒号が聞こえ、あるときは車のフロントガラスが割れる音がした。そしていっときあたりが静まり返ると、またもやすさまじい嵐が場所を移して吹き荒れた。嵐はそこらじゅうを転々とした。子ども部屋のドア下のすきまから射す光のなかで、廊下を行き来するふたりの足が見えた。ぼくはベッドのまわりに吊るした蚊帳《かや》に小指を突き刺すと、開いた穴をどんどん広げた。野太い声と甲高い声がまじり、ねじれ合ってタイルに跳ね返り、天井裏で反響した。それがフランス語なのかキルンジ語なのか、叫び声なのか泣き声なのか、両親の言い争う声なのか、それとも近所の犬の死にもの狂いの吠え声なのか、ぼくにはもう、わからなかった。ぼくは最後にもう一度、ぼくの幸せにしがみつこうとした。けれど、逃げ去る幸せを引きとめようとどんなに必死につかんでも、それはルモンゲのパーム油工場から滲み出るあの油にまみれていて、ぼくの手からつるりと滑り落ちた。そう、あれはぼくら家族が四人で過ごした最後の日曜日だった。あの夜、母さんは家を出た。父さんは嗚咽をこらえた。アナは両手をぎゅっと握って眠っていた。その間《かん》ぼくは、それまでずっと蚊の攻撃からぼくを守ってくれてきた蚊帳を、小指で無残に引き裂いていた。

4

折り悪くと言うべきか、悪いことは重なるもので、クリスマスが近づいていた。父さんと母さんは、どっちがぼくら子どもたちとクリスマス休暇を過ごすかでさんざんやり合った。その結果、ぼくが父さんのもとに残り、アナが母さんと一緒に、母さんの叔母のウセビーが暮らすルワンダの首都キガリを訪れることになった。母さんがルワンダに帰るのは、一九六三年以来はじめてのことだ。情勢は以前より落ち着いているとされていた。母さんと同世代のルワンダ難民二世から構成される反政府組織〈ルワンダ《R》愛国《P》戦線《F》〉と政府のあいだで、あらたな和平協定が結ばれたからだ。

ぼくは父さんとふたりきりでクリスマスを過ごした。プレゼントにもらったのは、競技用自転車〈BMX〉だ。色は赤で、グリップにいろんな色のひらひらの帯がついている。あんまりうれしかったものだから、クリスマスの朝の薄闇のなか、父さんがまだ寝ているうちに、もらった自転車をうちの真向かい、袋道の入り口に住む双子の兄弟に見せに行った。ふたりは感嘆の声をあげ、自転車に見とれた。それからぼくらは、砂利敷きの袋道で自転車をスリップさせて遊んだ。すると父さんが、縞柄のパジャマ姿のまま恐ろしい形相でやってきて、双子の前でぼくの頬を張った。こんな朝っぱらから、勝手に外に出るんじゃない。ぼくは泣いたりしなかった。いや、涙が数粒、頬を伝ったかもしれないけれど、それは自転車を横滑りさせて巻きあがった土埃のせいだ。あるいは、目に入った小バエのせい。もう記憶は定かじゃない。

大晦日から新年にかけて、父さんはぼくをキビラの森へハイキングに連れていった。ぼくらは標高二千三百メートルを超えた高所にあるピグミーの陶器職人の村で夜を過ごした。零度近くまで気温が下がった。真夜中、父さんはぼくに、バナナでつくったビールをほんの数口飲ませてくれた。身体を温めるために。それに、はじまったばかりの一九九三年を祝うために。そしてふたりでピグミーの家の土間で寝た。家の人たちと一緒に火を囲み、身体を寄せ合って丸くなりながら。

早朝、ぼくらは山裾のはしにあるピグミーの粗末な家をあとにした。家の人たちは、〝ウルワグワ〟と呼ばれるバナナのビールが入ったひょうたんを枕に、まだいびきをかいていた。外に出ると、地面に霜が降り、朝露が白く凍っていた。ユーカリの木々のてっぺんが濃い霧でつつまれている。ぼくと父さんは曲がりくねった森の小道を進んだ。

朽ちはてた木の幹に白と黒の大きなコガネムシがいるのを見つけたので、ぼくは昆虫採集コレクションの第一号として、缶の容器に収めた。陽が昇るにつれて気温が上がり、明け方の冷気がべとつく湿気に変わった。父さんはぼくの前を無言で歩きつづけた。汗のせいで茶色い髪が色味を増し、うなじの上で縮れている。木立のあいだからヒヒの鳴き声がした。羊歯《しだ》の茂みでなにかががさがさと動くたびに、ぼくはぎくりとした。サーバルキャットか、ジャコウネコにちがいない。

夕方、ピグミーの一団と行き合った。山のもっと高い場所にある鍛冶屋の村から来た人たちで、ニャム・ニャムと呼ばれるコンゴ原産の狩猟犬の群れを連れていた。猟の帰りらしく、肩から斜めに弓を背負い、仕留めた獲物をたずさえていた。モグラとアフリカオニネズミをそれぞれ数匹と、チンパンジーを一匹。太古から変わらぬ暮らしを営むこの小柄な民族に、父さんはかねてから並々ならぬ興味を寄せていた。ピグミーの人たちと別れたあと父さんは、悲しげな面持ちで言った。近代化と進歩と福音伝道のせいで、あの人たちの世界が消えてゆくのは避けられないな。

とめてあった車まであとわずかというところで、父さんはちょっと待てと言い、使い捨てカメラを取り出した。

「あそこに立つんだ！　写真を撮ってやる。いい思い出になるぞ」

ぼくは大きなパチンコのかたちをした木に登り、その二股に分かれた幹のあいだに立った。父さんがつまみをまわしてフィルムを巻く。さあ、撮るぞ！　カシャリという音と同時にフィルムが巻きもどる音がした。写真をぜんぶ撮り切ったのだ。

　ピグミーの陶器職人の村にもどると、ぼくと父さんは宿を提供してくれた一家に感謝して帰路についた。ピグミーの子どもたちが車にしがみつこうと、アスファルトの舗装道路まで数キロにわたってぼくらを追いかけてきた。ブガラマの下り坂では、〝バナナ・カミカゼ隊〟につぎつぎに追い抜かれた。バナナ・カミカゼ隊とは、荷台に数十キロのバナナや石炭を山積みにした自転車乗りの集団だ。車を上まわるとてつもないスピードでかっ飛ばすので、落車すれば命の保証はない。それにちょっとでも道からはみ出せば、谷の底へと落ちてしまう。谷底はすでに、ぐしゃぐしゃに潰れたタンザニアのトラックやマイクロバスの墓場と化していた。上りの対向車線では、首都に商品をとどけ終えたおなじバナナ・カミカゼ隊が、今度はトラックのリアバンパーにこっそりしがみついて山道を登っていた。ぼくはグリップにひらひらがついた赤いBMXにまたがり、ブガラマの曲がりくねった道を猛スピードで走りおりる自分の姿を想像する。ぼくは狂ったように疾走し、車やトラックをびゅんびゅん追い抜く。ブジュンブラに着くと、アルマンとジノと双子が歓声をあげて迎えてくれる。ツール・ド・フランスの勝者を讃えるみたいに……。

　家に帰り着いたのは夜だった。父さんは門扉の前で何度もクラクションを鳴らした。門扉にはフランス語とキルンジ語で〈猛犬注意〉と記した警告板がついていた。庭師が脚を引きずりながら門を開けに来た。庭師のあとを飼い犬がついてくる。マルチーズとネズミ捕り用犬のひょんな交配から生まれた犬で、警告板にある〝猛犬〟とはなにを隠そう、白と赤茶色の縮れ毛をしたこの小犬だった。父さんは車から降りるとすぐに庭師に訊いた。

「カリクストはどこだ？　なぜおまえが門を開けに来た？」

「カリクストは消えました、旦那さま」

　犬はいつもこの庭師のあとをついてまわっていた。尻尾がないので、喜びをあらわすのに盛んに尻を振る。そしてさらには唇をめくりあげる。すると、笑っているように見えた。

「消えた、だと？　どういうことだ？」

「朝早くに出ていったまま、もどらないんです」

「今度はいったいなにごとだ？」

「カリクストがちょっと面倒を起こしまして。昨夜はみんなで新年のお祝いをしました。

そのあと、わたしは床についたんですが、そのあいだにやつが物置からあれこれ盗み出したんです。そんでもって、姿を消してしまいました……。わたしに言えるのはそれだけです」

「盗まれたのは？」

「手押し車、工具セット、グラインダー、はんだごて、ペンキを二缶、それに……」

庭師は盗まれた品々をさらに並べ立てようとしたけれど、父さんは手を振ってさえぎった。

「もういい！　もういい！　週明けに警察に被害届を出すことにする」

それでも庭師は言い足した。

「それに、ガブリエル坊ちゃんの自転車も」

その言葉を聞いて、ぼくは心臓が胃のなかにずどんと落ちたような衝撃を受けた。嘘だろ、まさか。カリクストがそんなことするなんて。ぼくはわんわん泣いた。なんてひどいやつなんだ、ぜったい許さない。父さんは何度も繰り返した――ギャビー、自転車はかならず見つけてやる。だからだいじょうぶ、安心しろ。

5

冬休み最後の日となるつぎの日曜日、アナがルワンダからもどってきた。母さんは昼過ぎにアナを家の前まで送りとどけた。アナは髪を目の覚めるような金色に染め、細い三つ編みにしていた。父さんはそれが気に入らず、小さな女の子がそんな色の髪にするのは下品だと言い、母さんと口論になった。母さんはすぐに、乗ってきたオートバイで帰ってしまった。ぼくがキスして、新年おめでとうを言う間もなかった。ぼくは玄関先の階段に長いあいだ突っ立って待っていた。母さんがぼくに声をかけていないことに思いあたり、もどってくるんじゃないかと期待して。

しばらくすると、近所の双子がやってきた。ふたりは田舎の祖母の家で過ごしたクリスマス休暇について報告しはじめた。

「おっそろしいことに、浴室ってもんがないんだぜ！　身体を洗うのは中庭で、みんなの前でまっぱだかになるんだ！　神さまもびっくり《オ・ノン・ド・デュー》だよな、ギャビー！」

「それに、身体を洗ってると、黒人と白人の混血がめずらしいものだから、村の子どもたちが家囲いのすきまからのぞき見するんだ。『やーい、ちびの白ケツ!』ってはやし立てながら。頭にくるったりゃありゃしない。祖母《ばあ》ちゃんが石を投げて追っぱらったよ」

「そんとき、祖母ちゃんが気づいたんだ、ぼくらが割礼していないのを」

「割礼って、知ってるか?」

ぼくはかぶりを振った。

「ちんちんを切るのさ、シュッと!」

「そこで祖母ちゃんは、ぼくらに割礼をしてくれってソステーヌ叔父さんに頼んだんだ」

「そんときはぼくらも、割礼がなんだか知らなかったさ。だから、最初は気に留めなかった。それに、祖母ちゃんと叔父さんはキルンジ語でしゃべってたから、ちんぷんかんぷんだったしね。ただ、祖母ちゃんは話してるあいだじゅう、ぼくらのズボンの前開きを指さしてた。やな予感がしたよ。ろくでもないことたくらんでるなって。だから、父さんと母さんに電話したくなった。だけど、あそこはド田舎だから、電話も電気もない。トイレなんて、いいか、地面に掘った穴ぼこだぞ。穴のまわりにはハエがずらりと並んでるんだ、ずうっと長時間！　神さまもびっくりだよな《オ・ノン・ド・デュー》」

双子は「神さまもびっくりだよな《オ・ノン・ド・デュー》」が口癖で、それを言うときは、指を喉にあててかき切るしぐさをした。包丁で鶏の首を切り落とすみたいに。そして締めくくりに、空中で親指と人差し指をパチンと鳴らす。

「ソステーヌ叔父さんは、従兄のゴドフロワとバルタザールを連れて祖母ちゃん家《ち》にやってきた。そしてぼくらを、村のはずれに建ってる土壁の家に連れてった。部屋のまんなかに木のテーブルが置いてあってさ」

「叔父さんは店でかみそりの替え刃を買っててさ」

「ゴドフロワがぼくの両腕を背中にまわして押さえつけ、バルタザールが両脚を担当した。叔父さんはぼくのパンツを下ろし、ちんちんをつかんでテーブルに載せた。それから替え刃を包み紙から引き抜いた。そしてあそこの皮を引っ張って、シュッてやったんだ。ちんちんの先っぽを切ったのさ！　叔父さんは傷に塩水をかけて消毒した。神さまもびっくりだよな《オ・ノン・ド・デュー》！」

「イェババウェ！　それを見たぼくは、丘へすたこら駆け出した。チータから逃げてるインパラみたいに。だけど、従兄たちに捕まって、身体を押さえこまれた。そして、シュッてやられたんだ。おんなじことをね！」

「そのあと、ソステーヌ叔父さんがぼくらのちんちんの切れっぱしをマッチ箱に入れ、祖母ちゃんに渡した。祖母ちゃんは箱を開けてしげしげとながめたよ。叔父さんがちゃんと仕事したかどうか点検したんだ。それから満足気にニタリとした。ストーンズの〈サティスファクション〉でも歌い出しそうな雰囲気でさ。神さまもびっくりだよな《オ・ノン・ド・デュー》！　邪悪な魔女って感じだった！　きわめつけに、箱の中身を庭のバナナの木の下に埋めたんだぜ！」

「ぼくらのちんちんの先っぽは、ちんちんの先っぽ専用の天国に召されていった！　彼らの魂に、幸いあれ！」

「アーメン！」

「でもな、この話にはつづきがあるんだ！　ぼくら、スカートをはかなきゃならなかったんだぜ、女みたいに。ズボンだと、傷が擦れるから」

「スカートなんて、国際的不名誉ってやつだよ、これは！」

「休暇の終わりに迎えに来た親が、ぼくらの妙なかっこうを見て、驚いたのなんの。父さんに訊かれたよ。おまえたち、スカートはいてなにしてんだ、って」

「だから祖母ちゃんのこと、チクってやった。父さんは祖母ちゃんに食ってかかった。うちの子たちはフランス人で、ユダヤ人じゃありません、って」

「でも、母さんが言ったんだ。衛生上、このほうがいいのよ。おちんちんのひだに汚れがたまらないでしょ、って」

　双子はおもしろいエピソードを語るとき、いつも最後は息切れした。どんな些細なこともおろそかにせず、こまかいところまで忠実に再現しようと、オーバーアクションで身振り手振りを入れるからだ。耳の聞こえない人でも、ふたりの話なら理解できただろう。話すときは単語と単語が押し合いへし合いし、言葉と言葉が衝突した。いっぽうが文章を言い終えると、すかさずもういっぽうがそれにつづく。リレー走のバトンの受け渡しみたいに。

「また、ぼくをかつごうとして！」ぼくは言った。

　というのも、双子の話には嘘が多いからだ。どちらかが嘘を吐きはじめると、事前の打ち合わせもないのに、もうひとりもその嘘に乗り、話をどんどん膨らませる。まったく、天与の才とはこのことだ。父さんはよく、あの子たちの嘘はまさに芸術だ、あのふたりは真実をひねり出す手品師だ、と評していた。ぼくがふたりに、どうせ冗談だろ、と反論すると、双子は同時に「そんなこと言うなんて、神さまもびっくりだよな《オ・ノン・ド・デュー》！」と言い、指で喉をかき切るしぐさをして、空中でパチンと指を鳴らした。それから、ふたり同時にズボンを下ろした。赤紫色に変わった小さな先端部が二つ、ぼくの目に飛びこんできた。ぼくは気持ち悪さに目を閉じた。パンツを引っ張りあげながら、双子は言った。

「そうだ、ギャビー、祖母ちゃんの住んでる村で、だれかがあの盗まれた自転車に乗ってたぞ。神さまもびっくりだよな《オ・ノン・ド・デュー》！」

6

ぼくを呼ぶ父さんのしわがれ声で目が覚めた。「ギャビー！　ギャビー！」学校に遅刻する！　ぼくは飛び起きた。これまで何度かぼくの目覚まし時計が故障して、父さんに起こされたことがあったから。アナはいつも先に起きていて、準備万端整えていた。髪はきれいに梳《す》いてバレッタで留め、全身にココナッツミルクを塗り、歯磨きをすませ、靴をぴかぴかに磨いて。前の晩に水筒を冷蔵庫に入れておくほど用意がよかった。そうすると、午前中ずっと冷たい水が飲めるのだ。宿題は早めに終わらせ、習ったことは暗記した。まったく、出来すぎた子だ、アナは。ぼくはいつもアナのほうが年上のように感じていた。実際は三つ年下なのに。あわてて廊下に飛び出すと、父さんの寝室のドアが閉まっているのに気がついた。どうやらまだ寝ているらしい。また引っかかってしまった。飼っているオウムが、父さんの声音をまねたのだ。

ぼくはオウムの檻の真正面にある〝バルザ〟、つまりテラスに行き、椅子に腰かけた。

オウムは鋭い爪で落花生をがっしりつかんで食べていた。鉤形に曲がったくちばしで殻を砕き、中身を引っ張り出す。オウムはいっとき片目で——その黄色い目のなかにある黒い瞳孔でぼくをじっと見つめると、父さんが教えこんだフランス国歌〈ラ・マルセイエーズ〉の出だしのメロディーを甲高い声で口ずさみ、頭のてっぺんを撫でてもらおうと檻の格子のすきまから首を突き出した。ぼくは灰色の羽毛に指を突っこみ、オウムの首のほんわり温かいピンク色の肉を指先に感じた。

庭では鵞鳥《がちょう》の群れが一列になって、〝ザム〟と呼ばれる夜警《ザムエ》の前を横切っていた。夜警《ザムエ》は莚《むしろ》に座り、身体にかけたぶ厚い灰色の毛布をあごまで引きあげている。そばに置いた小さなラジオからキルンジ語の朝のニュースが流れていた。プロテが門扉を開けて入ってきた。坂になった小道を登り、テラスの三段の階段を這うように上がってきてぼくにあいさつする。ずいぶん痩せ細り、やつれた顔は老人のようだ。元気なときでさえすでに、実年齢より老けて見えたのに。プロテは脳性マラリアを患ったせいでここ何週間か仕事を休んでいた。重症で、あやうく命を落としかけたらしい。父さんが医者代と民間療法師の治療代すべてを支払った。ぼくはプロテのあとについて台所に行った。プロテはそこで町着を脱ぎ、擦り切れたシャツ、つんつるてんのズボン、蛍光色のビニールサンダルという使用人のいで立ちになった。

「ガブリエル坊ちゃんは、オムレツと目玉焼き、どっちがいいですか？」プロテが冷蔵庫の中身を確かめながらたずねた。

「両目の目玉焼きがいいな、プロテ」

ぼくとアナがテラスのテーブルにつき、朝食が出てくるのを待っていると、父さんがやってきた。顔に浅い切り傷をいくつかこしらえ、左耳の後ろにはひげ剃りクリームが残っている。プロテが紅茶の入った魔法瓶と蜂蜜の壺、小皿に入れた粉ミルク、マーガリン、スグリジャム、そしてぼくの好みどおりに軽くカリカリに焼いた両目の目玉焼きを大きな盆に載せて運んできた。

「おはよう、プロテ！」父さんはプロテの土気色の顔を見て呼びかけた。

プロテは返事の代わりに遠慮がちにうなずいた。

「治ったみたいだな！」

「ええ、おかげさまで、旦那さま。よくしてくださってありがとうございます。家族もとても感謝しています。みんなで旦那さまのためにお祈りしています」

「感謝なんかしなくて結構。かかった費用はつぎの給金からさっ引《ぴ》くから。そのことは承知しているはずだぞ」父さんは乾いた声音で言った。

プロテは表情を閉ざすと、盆を手にして台所に消えた。そこへドナシアンが腰を揺らす独特の歩き方でやってきた。ドナシアンはいつも〝アバコスト〟と呼ばれる半袖の背広のようなものを身につけている。シャツもネクタイもつけずに着るその地味な色合いの薄地の服は、ザイールのモブツ大統領が旧宗主国のファッションを排除するため自国民に着用を義務づけたものだ。ドナシアンは二十年来、父さんの会社の現場監督を務めてきた信頼の置けるスタッフで、まだ四十になったばかりなのに、現場ではほかの労働者から〝ムゼエ〟、つまり〝爺さん〟と呼ばれていた。ザイール人で、大学入学資格《バカロレア》を取得したあとブルンジにやってきて、当時父さんが工事を監督していたルモンゲのパーム油工場の建設現場で働き出した。以来、ずっとブルンジにとどまっている。彼はブジュンブラ市北部のカメンゲ地区に、奥さんと三人の男の子と暮らしていた。いつもシャツのポケットから万年筆のキャップを飛び出させ、ことあるごとにワニ革のずだ袋から聖書を取り出してそのなかの一節を読みあげた。父さんは毎朝ドナシアンにその日の仕事の指示を出し、日雇いに支払う賃金を手渡していた。

ほどなくして今度はイノサンがテラスにあらわれて、父さんから会社の軽トラックの鍵を受けとった。イノサンは二十歳そこそこのブルンジ人の若者だ。背が高くて痩せていて、額に縦に走る傷跡が威圧感を漂わせ、本人もその効果を狙っていた。嚙みつぶした楊枝をいつも口にくわえていて、唇の片はしからもういっぽうのはしへすばやく転がすのが癖だった。白くてごついバスケットシューズにだぶだぶのズボン。野球帽をかぶり、赤、緑、黄の汎《はん》アフリカ色のリストバンドをはめている。ほかの使用人にとげとげしくて横柄な態度をとることが多かったけれど、父さんはイノサンを重宝していた。運転手以上の働きをする、便利ななんでも屋だったからだ。ブジュンブラのことはすみからすみまでよく知っていたし、いたるところに通用口をもっていて、どこにでも入りこめた。ブウィザ地区の自動車整備工のあいだにも、ブイェンジ地区のくず鉄屋のあいだにも、アジア人街の商店主やムハ基地の軍人のあいだにも。さらには、たとえばクウィジャベ地区の売春婦や中央市場の肉団子売りにも顔が利いた。彼はいつも、下っぱ役人の仕事部屋に何か月もほったらかしにされている嘆願書や申請書を手っとり早く処理してもらうには、だれに金品をつかませればいいのかちゃんと心得ていた。警察に捕まることは一度もなく、路上で暮らす子どもたちも、道にとめた彼の車だけは駄賃をせびらず見張りをした。

父さんはイノサンにいくつか指示を出すと、葉がしおれかけている夾竹桃《キョウチクトウ》の鉢に魔法瓶の紅茶の残りを空け、オウムに向かって〈ラ・マルセイエーズ〉の出だしを口笛で吹いた。そして、ぼくとアナを連れて車に乗りこんだ。

7

ブジュンブラのフランス人学校は広大な敷地を誇り、幼稚園から高校まで揃っていた。学校の正門は二つあり、ルイ・ルワガソレ王太子スタジアムと独立大通りの側にある門は年長の生徒用で、管理棟や中学と高校の校舎まですぐだった。ムインガ通りとウプロナ大通りが交わる角には、幼稚園に通う年少の子のための門がしつらえてあった。小学校は中学校と幼稚園にはさまれていて、父さんはいつもぼくとアナを小さな子のための門の前で降ろしていた。

「昼はイノサンが迎えに来て、母さんの店まで連れてくことになっている。父さんは明日もどる。奥地の現場に行かなきゃならないから」

「わかった、パパ」アナは聞き分けよく言った。

「ガブリエル、おまえはつぎの土曜日、イノサンとドナシアンと一緒にチビトケに行ってこい。自転車の件だ。おまえがいないと、ほんとうにあの自転車かどうかわからないから。心配するな、きっと見つかる」

その日の朝は教室じゅうが興奮の渦につつまれていた。先生がぼくらひとりひとりに、フランスのオルレアンに住む小学五年生から送られてきた手紙を配ったからだ。ぼくらは文通相手ができてすっかり舞いあがった。ぼくがもらった封筒にはぼくの名前がピンク色の大文字で記されていて、そのまわりをフランス国旗と何個かの星とハートが囲んでいた。紙は甘くてきつい香水のにおいがした。ぼくは便箋をそっと開いた。字は整っていて、全体がきれいに左に傾いていた。

一九九二年十二月十一日、金曜日

ガブリエルへ

わたしの名前はロール、十才よ。あなたと同じ五年生なんだ。住んでるのは、オルレアンにある庭つきの家。背が高くて、金ぱつで、かみは肩までで、目は緑で、そばかすがある。弟の名前はマチュー。パパはお医者さんで、ママは主婦。バスケットボールをするのが好きで、クレープとおかしをつくるのが得意。あなたはどう？

歌とダンスも好き。あなたはどう？　テレビを見るのも好き。あなたはどう？　本を読むのは好きじゃない。あなたはどう？　大きくなったら、パパと同じお医者さんになりたいな。長い休みにはいつも、ヴァンデ県に住むいとこの家に行く。来年は新しくできたゆうえん地に行く予定。ディズニーランドって言うんだけど、知ってる？　写真送ってくれるとうれしいな。

返事楽しみに待ってるね。

最後にキスを送ります。

ロール

ＰＳ：わたしたちが送った人道しえん米、受けとった？

ロールは自分の写真を同封していた。アナのもっている人形に似ていた。手紙を読んで、ぼくはどぎまぎした。〝キス〟という文字を見て、かっと頰が熱くなった。甘いお菓子が詰まった小包を受けとったみたいな気分だった。これまで想像したこともなかった未知の世界のドアが、目の前でぱっと開いたみたいな感じがした。ロールというフランスの女の子が、緑色の目をした金髪の子が、遠くのどこかからぼくにキスを送っている。キナニラ地区に住むこのぼく、このギャビーに。ぼくは胸の高鳴りをだれにも気づかれないように、通学かばんのポケットにそそくさと彼女の写真をしまい、手紙を封筒にもどした。気の早いことに、こっちからはどの写真を送ろうか、なんてことを考えながら。

休みをはさんで授業が再開すると、先生は言った。それでは、今度はみなさんがペンパルに返事を書きましょう。

一九九三年一月四日、月曜日

ロールへ

ぼくの名前はギャビー。ちょっとえらそうに名乗ってみたけれど、いちおう、世の中のものにはすべて名前がついてるよね。道路、木、虫……。たとえば、ぼくが住んでる地区の名前は、キナニラ。ぼくがくらしている市は、ブジュンブラ。ぼくいる。自分で選んだものじゃないけれど。生まれてくるときにはもう名前がついてるから。そういうものなんだ。ある日、ぼくは大好きな人たちにたのんでみた。ガブリエルじゃなくて、ギャビーってよんでくれって。ぼくの代わりに名前を選んでくれた人の代わりに、ぼくが自分のよび名を選んだんだ。だから、きみもギャビーってよんでくれるかな？　ちなみに、ぼくの目はくり色だ。だから、ほかの人がくり色に見える。母さん、父さん、妹、プロテ、ドナシアン、イノサン、仲間たち……ぼくにとってはみんな、牛にゅうにコーヒーをまぜた色なんだ。ぼくらはみんな、それぞれちがう色の目で世の中を見てるよね。きみの目は緑だから、ぼくは緑色ってことになるのかな。ぼくには好きじゃないのに好きなものがたくさんある。甘くて冷たいアイスは好きだけど、寒いのはきらい。プールは好きだけど、塩素のにおいはきらい。学校の友だちと学校のふん囲気は好きだけど、授業はきらい。文法、動詞の活用、引き算、作文、おしおき。こんなごうもん、もうたくさん！　大きくなったら、修理工になるんだ。そしたら、人生に故しょうはない。いろんなものが動かなくなったとき、直すことができなきゃね。でも、ずっと先の話だ。だってぼくはまだ十才だし、時間はゆっくり過ぎてくから。とくに午後は。午後は学校がないんだ。それに日曜日も。おばあちゃんちで過ごす日曜日はたいくつだ。そうそう、二か月前に大きな校庭に学校中の生徒を集めて、脳ずいまく炎の予防せっしゅをしたよ。脳の病気にかかったら大変だ。頭が動かなくなるらしい。だから校長先生は親たちに、注射はぜったい受けさせてくださいって言った。当たり前だよね、校長先生の仕事だもの、生徒の頭の問題は。今年、ブルンジの大統領を決める選挙がある。大統領選挙は初めてだ。ぼくは投票できないけど。修理工になるまで待たなくっちゃ。でも、だれが勝ったか、教えてあげる。約束するよ！

それじゃ、また。

キスを送る。

ギャビー

PS：お米のことは先生にきいてみる。

8

ぼくとイノサンとドナシアンは朝早くに出発した。荷台にセメントやシャベルやつるはしを積んでいなかったので、軽トラックはいつもよりスピードが出ていた。おかしな三人組に見えるだろうな。ブジュンブラの出口に設けられた軍の最初の検問所にさしかかったとき、ぼくはそんなことを考えた。車を止められて尋問されたら、なんて言うんだろう？　国のはしっこまで行かなきゃならないんで、早朝、家を出たんです、盗まれた自転車を探しに、とでも言うんだろうか。確かに怪しげな三人組だった。ハンドルを握るのはイノサンで、例のごとく楊枝を嚙んでいる。見ていて気持ちのいいものではない。ブジュンブラのちんぴらは、揃いも揃って楊枝を口にくわえている。男っぽく見せたくて。カウボーイ気取りなのだ、イノサンのような人たちは。きっとある日の午後、映画館〈カメオ〉でクリント・イーストウッドの映画を観たごろつきのひとりが、目立ちたくてはじめたにちがいない。そしてそのファッションが、あっという間に市《まち》じゅうに広まったのだ。導火用に撒いた火薬に火がつくように。ブジュンブラではあっという間に広がるものが二つある。噂とファッションだ。

ドナシアンは車中での姿勢が苦しくて、出発してからずっと不機嫌だった。三人のまんなかにいたので、シフトレバーが邪魔で横座りを強いられている。左肩がイノサンの肩にあたり、脚は斜めになっていた。窓際に座りたいと、ぼくがわがままを言ったせいだ。その日は雨で、ぼくは窓ガラスを流れる水滴の競争を観察したり、ガラスに息を吹きかけて落書きしたりしたかった。奥地へ向かう長いドライブの暇つぶしに。

チビトケに着くと雨はやんでいた。ドナシアンは、双子の祖母の家へ通じる土道を車で走るのをためらった。道がひどくぬかるんでいて、車が泥にはまりこむかもしれないからと。目指す家まで徒歩で行こうと提案したけれど、イノサンは履いていた白いバスケットシューズが汚れるのをいやがった。そこで、ぼくとドナシアンがふたりだけで行くことにした。イノサンは車に残り、あのガタガタのみそっ歯のすきまを楊枝でせっせと手入れしていた。

丘陵地帯ではたとえひとりきりだと思っても、つねに何百対かの目が訪問者をうかがっている。そしてその存在は半径数キロにわたり、〝ルゴ〟*と呼ばれる家から家へ、人

＊ ブルンジやルワンダの伝統家屋

づてに伝えられることになる。そんなわけで、目指す家に着いたとき、双子のお祖母さんは発酵乳の入ったグラスを二つ手にして待っていた。ドナシアンもぼくも、キルンジ語はよくわからない。なかでも奥地の丘陵地帯の詩的でまわりくどいキルンジ語となるとお手上げだ。スワヒリ語やフランス語の単語をいくつか織りまぜたところで、言葉の不備は埋められない。ぼくはこれまでキルンジ語をきちんと学んでこなかった。首都ブジュンブラではだれもがフランス語を話す。いっぽうドナシアンは、ザイールのキブ州出身で、キブ州出身のザイール人は、スワヒリ語のほかはソルボンヌで話されているような洗練されたフランス語しか話せないことが多い。

けれど、ブルンジの奥地にあるチビトケではまったく事情がちがうから、双子の祖母のような人たちと会話を交わすのは不可能だ。彼らの話すキルンジ語は凝った表現が多すぎるし、太古から伝わることわざや、大昔からの言いまわしが盛りこまれている。ドナシアンとぼくのキルンジ語のレベルでは話にならない。お祖母さんはそれでも、どこに行けば自転車の新しい持ち主に会えるのか、なんとかぼくらに説明しようとした。だけど、言っていることがさっぱりわからなかったので、双子の従兄のゴドフロワとバルタザール、つまりあの〝ちんちん切りとり屋〟を連れてイノサンが待っている車までもどった。イノサンなら通訳が務まるはずだった。ぼくらは道案内してくれると言うゴドフロワとバルタザールを軽トラックの荷台に乗せ、アスファルトの舗装道路を引き返した。そして、チビトケの町を出て二キロほど行ったところにある小道をたどってべつの町まで行き、ぼくの自転車に乗っているところを双子に目撃されたマティアスという男を見つけ出した。問題のマティアスは、自転車をギホンバに住むスタニスラスという男に売り払っていた。そこで、双子のふたりの従兄に加えてこのマティアスも荷台に乗せてギホンバまで行き、問題のスタニスラスに会ったのだけれど、スタニスラスもすでに自転車をクリギタリの蜂飼いに売っていた。そこで今度はスタニスラスも荷台に乗せて、クリギタリへ向かった。ところが、蜂飼いもおなじように自転車を売りさばいていた。ぼくらはこの人も荷台に乗せ、ギタバに住むジャン＝ボスコとかいう自転車の新しい持ち主が住んでいる場所まで案内してもらった。ギタバに着くと、村人がジャン＝ボスコならチビトケにいると教えてくれた。ぼくらはチビトケにとって返した。けれどチビトケではジャン＝ボスコに、自転車ならギタバの農夫に売ったばかりだ、と告げられた……。

Uターンするしかない。ところが、チビトケの本通りで警官に呼び止められた。車に九人も乗って、なにしてる？　イノサンは自転車が盗まれたことや、その現在の持ち主を捜しまわっていることを説明した。昼どきで、ぞくぞくと野次馬が集まってきた。軽トラックはあっという間に数百人の住民にとり囲まれた。

車がとまった場所の正面に中央酒場があった。町いちばんの繁盛店にちがいない。ちょうど町長とこの地方の名士数人が、熱いプリムスビールに漬けこんだ山羊肉の串焼きを食べ終えようとしているところだった。彼らはすぐに、ぼくらのまわりにわらわらと集まってきた群衆に気がついた。町長はおもむろに椅子から立ちあがり、ズボンを引っ張りあげてげっぷをした。そしてベルトを締め直し、疲れたカメレオンみたいなようすでこちらに歩いてきた。そのでっぷりとした腹で、集まった人たちを押しのけるようにして。食い道楽の唇は脂でぎらつき、黄緑色のシャツに肉汁の染みがついている。顔こそひょろりと細長かったけれど、お婆さんの尻みたいにどっしりしている臀部から背中のまんなかまでたっぷり贅肉がつき、腹のほうは臨月を迎えた妊婦のようにはち切れんばかりに膨らんでいた。まるでひょうたんみたいな体型だ。

みんながやがや話をしているそばで、ぼくはふと、群衆のなかにカリクストがいることに気がついた。まちがいない、ぼくの自転車を盗んだあのカリクストだ……。その事実を周囲の人に伝えた瞬間、当のカリクストは逃げ出した。緑色の毒蛇、ヒガシグリーンマンバも顔負けのすばやさで。町じゅうの人が彼を追いかけた。昼食用に潰そうとしていた鶏が脱走したのを捕まえんとするような勢いだった。まどろみに沈んでいるような田舎のけだるい昼下がりに、ちょっとした流血騒ぎほどかっこうの退屈しのぎはない。そうした催し物は、〝人民裁判〟などと呼ばれている。なんとなく文明的な響きが感じられるところがそのたいそうな呼び名の利点だけれど、要は私刑《リンチ》だ。とはいえ、その日はカリクストにとってはもっけの幸いで、住民たちがそのお楽しみにあずかることはできなかった。盗っ人をひっとらえはしたものの、すぐに警官が殴打による民衆の制裁にストップをかけたのだ。ところが騒ぎが収まらなかったので、町長がみずから事態の収拾に乗り出した。町長は興奮する住民をなだめようと、よき市民としてのふるまいの大切さを賢人気取りで仰々しく説きはじめた。けれど、昼下がりという時間帯とうだるような暑さとで、町長の熱のこもったスピーチはすぐに飽きられた。彼は話を途中で切りあげ、本来の席、つまりビールが置かれた席にもどり、今度は自分の興奮をなだめようとグラスに手を伸ばした。カリクストはさんざん殴られたあと、町の牢屋へしょっぴかれ、ドナシアンが急いで被害届を出した。

カリクストは牢屋に入れられたけれど、それでぼくの自転車の問題に片がついたわけではない。そこでぼくらは、ギタバに住むくだんの農夫に会いに行くことにした。そのためには双子のお祖母さんの家につづくあの泥だらけの道を通ったほうが断然早い。人の話を聞かないイノサンは、ぬかるみで立ち往生することを心配したドナシアンの再三の注意を無視し、軽トラックを泥道に乗り入れて先を急いだ。無事にギタバの教えられた場所まで着くと、丘のてっぺんに一軒、屋根をバナナの葉で葺《ふ》いた荒壁土のつましい小さな家が建っていた。ぼくは一瞬、目の前に広がる風景に息をのんだ。雨が空を洗い流し、濡れた大地に降り注ぐ陽射しが緑の平原にピンク色の薄靄の渦を立ちのぼらせている。広大な平原を黄土色のルシジ川が横切っていた。ドナシアンも静かに景色に見入っている。けれどイノサンだけは、あたりに目を向けることもなく、さっきまで口にくわえていたくたびれた楊枝で爪の垢をほじくっていた。やつにとってはこの世の美などどうでもよく、気になるのはわが身の清潔さだけということらしい。

荒壁土のつましい家の庭では女性がひとり、筵《むしろ》に膝立ちになり、モロコシを挽いていた。女性の後ろに座っていた男性が——この人が問題の農夫だろう——、ぼくらに気づき、さあ、どうぞこちらに、と手招きした。知人を迎えるような自然な態度で。ぼくの家では知らない人が訪ねてくると、父さんはあいさつもせずに「なんの用だ?」と吠えるように怒鳴りつける。いっぽう、この家の人は礼節をわきまえていた。丘の上に建つ廃屋のような彼らの家の小さな庭に、よそ者とひと目でわかるぼくらがいきなり押しかけたというのに、まるで到着を待ちわびていたように迎えられ、ぼくは知り合いの家を訪ねたような気持ちになった。来訪の理由をたずねる前から、農夫はぼくらに座るよう勧めた。畑からもどってきたところらしく、裸足に乾いた泥がこびりついている。シャツには継ぎがあてられ、綿のズボンを膝までまくっていた。背後にある小さな家の壁には泥だらけの鍬《くわ》が立てかけられてあった。ほどなくして若い女の子が椅子を三脚運んできた。女性はぼくらに笑いかけながら、あいかわらずモロコシの粒を石のあいだにはさんで挽いている。

ぼくらが椅子に腰を下ろすとすぐに、ぼくと同い年くらいの少年がぼくの自転車に乗って庭に入ってきた。ぼくは考えるより先にぱっと椅子から立ちあがり、少年に突進してハンドルをつかんだ。少年の家族も立ちあがり、事情がわからず困惑した目でぼくらを見た。少年はびっくりするあまり、すんなりぼくに自転車を奪いとられた。ためらいを含む気詰まりな沈黙が流れたあと、ドナシアンがイノサンの肩を揺すり、自分たちがここに来たわけをキルンジ語で説明しろと命令した。イノサンはすっかりくつろいでいた椅子から、いかにも面倒くさそうに重い腰を上げた。少し前に警察にしたのとおなじ話を、もう一度繰り返さなければならないことにうんざりしているにちがいない。それでも最初から順を追い、機械的な一本調子の口調でことの次第を説明した。農夫一家はイノサンの話をじっと黙って聴いていた。状況を理解するにつれ、少年の表情が崩れていった。話が終わると、今度は農夫が説明しはじめた。頭を左にかしげ、両のてのひらを天に向けて。命だけはお助けくださいと請うようなかっこうで。農夫は言った。息子にこの贈りものをするのにずいぶん苦労した。長いあいだこつこつ倹約した。自分たちは善良なつましいクリスチャンだ。イノサンは農夫の話など耳に入らないようすで、耳の穴を例の楊枝でかき、軸の先についた耳垢をしげしげと見た。ドナシアンは農大一家の狼狽ぶりに心を痛めているらしく、終始無言だった。農夫はなおも話しつづけていたけれど、イノサンがいきなりぼくのそばまでやってきて自転車をつかみあげると、軽トラックの荷台に積んだ。そしていら立った顔で、農夫一家に冷たく言い放った。文句は災難のもとになったやつに言え。そいつはいま、チビトケの牢屋に入ってる。払った金を返してもらいたきゃ、カリクストってやつを訴えるしかねえな。それからぼくに車に乗るよう合図した。ドナシアンが重い足取りで車までやってきた。なにかうまい解決策がないものか、必死に考えをめぐらせているのがわかる。ドナシアンは運転室のぼくのとなりに座ると、深々と息を吸いこんだ。

「どうだろう、ガブリエル、自転車をもち帰るのはやめにしないか。わたしたちがいまやろうとしていることは、盗みよりひどい。子どもの心をずたずたに傷つける」

「なにを大袈裟な」イノサンは言った。

「じゃあ、ぼくは?」ぼくはムッとして言い返した。「ぼくだって心がずたずたに傷ついたよ、カリクストに自転車を盗まれたときは」

「ああ、そうだろうよ。だが、あの子はこの自転車を、とても大事に思っている。おそらく、きみ以上に」ドナシアンはつづけた。「あの子はとても貧しい。そしてあの子のお父さんは、この贈りものをするのに必死に働いた。いま自転車をもっていかれてしまったら、もう二度とあの子は自分の自転車をもてない」

イノサンはドナシアンを険しい目でにらみつけた。

「なにさまのつもりだ？　ロビン・フッド気取りか？　あの一家が貧しいからって、あいつらのものじゃないものを置いてけって言うのか？」

「イノサン、おまえもわたしとおなじようにこの貧しさのなかで育ったはずだ。わたしたちにはわかる。あの者たちが金をとり返すことなどないことが。結局、長年の貯えを理不尽にも失うことになることが。そのことはおまえだってよく知っているだろうに、わが友よ」

「おれはあんたの友だちじゃねえ！　いいか、ひとつ忠告だ。あいつらに情けをかけるのはやめろ。この辺鄙《へんぴ》なド田舎に住む連中は、きわめつきの嘘つきで、盗っ人ばかりだ」

「ガブリエル」ドナシアンはあらためてぼくに向き直った。「お父さんには自転車は見つからなかったって言えばいい。そうすれば、新しいのを買ってくれるはずだ。これはわたしたちだけのささやかな秘密になる。神さまもお赦しくださるはずだ。よき行ないをなすのだから。貧しい子を救うのだから」

「嘘つく気か？」イノサンが嚙みついた。「あんたの善なる神とやらは、嘘を禁じてるんじゃないのか？　ガブリエルをそそのかすのはよせ。やましい気持ちにさせるな。どうせあのガキはどん百姓にすぎない。そんなガキがＢＭＸに乗って、なにすんのさ？　さあ、行くぜ！」

ぼくは振り返ろうとも、バックミラーをのぞこうともしなかった。任務は完了した。自転車はとりもどした。あとのことはぼくらに関係ない。イノサンの言うとおりだ。

数分後、ドナシアンの予想どおり、トラックがぬかるみで立ち往生した。ドナシアンは聖書の一節を唱えはじめた。困難な時代、自分勝手な人びと、最後の審判が下る直前の日々について記した箇所だ。そして小声で、ぼくを恐怖にすくみあがらせるあれこれについて語った。そうすることで、こうして泥にはまりこんで動けなくなったのは、ぼくらの悪しき行ないに対する神の罰なのだと暗にほのめかした。ぼくは帰りの車中でずっと、ドナシアンの視線を避けようと寝たふりをした。そうしながら、自分たちの行ないを正当化するまっとうな理由を見つけようとした。けれど、うしろめたさが膨らむばかりだった。家に着くと、ぼくはイノサンとドナシアンに宣言した。自分がしたことの罰として、もう二度とこの自転車には手を触れないと。イノサンは、信じられない、といった顔でぼくを見つめると、いら立ちまぎれに吐き捨てた――甘やかされたガキだな。そして、近所の雑貨屋に新しい楊枝のパックを買いに行った。ドナシアンはぼくのほうに身をかがめ、その大きな角ばった顔をぼくの顔からほんの数センチのところまで近づけた。腹が空っぽで胃酸過多になっているときのようなきつい口臭がした。ドナシアンは冷たい怒りを湛えた目でぼくを見た。ぼくの魂の底まで射抜くような目で。そして、ゆっくり言葉を区切って言った。

「いいかい、悪は、もう、なされてしまったのだよ」

9

お祖母ちゃんはアフリカ公営住宅機構《OCAF》が運営する緑色の小さな漆喰《しっくい》の家で暮らしていた。ブジュンブラ市内のンガガラ第二地区にあるその家にはほかに、お祖母ちゃんのお母さん、つまりぼくのひいお祖母ちゃんのロザリーと、お祖母ちゃんの息子のパシフィック、つまりぼくの叔父さんが住んでいた。パシフィックはサン＝タルベール高校の最終学年生で、びっくりするほどカッコがよかったので、地区の女の子はみんな彼に夢中だった。もっとも本人は、漫画《バンド・デシネ》とギターと歌にしか興味がなかった。声は母さんほどきれいじゃなかったけれど、歌い方がうまかった。お気に入りはラジオから繰り返し流れてくる、愛やら哀しみやら、愛の哀しみやらを甘く歌いあげるフランスの歌手の曲で、パシフィックが歌うと、それらはたちまち彼自身の曲に変わった。目を閉じ、額に皺を寄せ、むせび泣くようにして歌うのを、家族はじっと黙って聴きほれた。フランス語がひと言もわからないひいお祖母ちゃんまでも。みんな身じろぎひとつせず、いや、あるいは、タンガニーカ湖の船着き場に浮かぶカバのように、耳の先だけ動かしながら。

お祖母ちゃんの住んでいる公営住宅にはルワンダ人が多かった。殺戮、虐殺、戦争、迫害、民族浄化、破壊、放火、ツェツェバエ、略奪、人種差別、強姦、殺人、報復その他を逃れようと、祖国を離れた人たちだ。そして母さんや母さんの家族とおなじように、もろもろの問題から逃れてここに来て、べつのもろもろの問題に直面した——貧困、排除、割りあて制度、外国人差別、排斥、いやがらせ、鬱、ホームシック、郷愁など難民に降りかかる問題に。

ルワンダで内戦がはじまったのは、ぼくが八歳、ちょうど小学三年生になったばかりのことだった。ラ《R》ジオ・フランス《F》・アンテルナショナル《I》は、〝反乱部隊〟——ぼくらはル《R》ワンダ愛《P》国戦線《F》と呼んでいた——がルワンダ国内で奇襲攻撃をかけたと報じていた。ル《R》ワンダ愛《P》国戦線《F》の部隊は、ぼくの母さんやパシフィック叔父さんと同じルワンダ難民の子、つまり難民二世から編成されていて、ウガンダ、ブルンジ、ザイールなど近隣諸国からメンバーが集まっていた。ニュースを聞いた母さんは、歌い踊った。あんなにうれしそうな母さんを見るのははじめてだった。

けれど、喜びは長続きしなかった。数日後、ぼくらのもとにアルフォンスの死の知らせがもたらされたからだ。アルフォンスは母さんのもうひとりの男兄弟で、一家の一番上の子で、お祖母ちゃんの自慢の息子だった。頭がよく、欧米の一流大学で物理と化学の学位を取得した。ぼくに数学を教えてくれたのも、ぼくが修理工に憧れるきっかけをくれたのもこの伯父さんだ。父さんもとても気に入っていて、よく言っていたものだ。「アルフォンスが十人いれば、ブルンジもあっという間にシンガポール並みになるんだがな」落ちこぼれみたいな、勉強にまるで身の入っていない軽い態度で授業に出るのに、なぜか成績はクラスで一番。いつも冗談を飛ばし、歌を口ずさみ、ぼくらの腋の下をくすぐり、母さんの首にキスをしていやがられていた。アルフォンスが笑うと、お祖母ちゃんの家の小さな居間の壁がぱっと明るく輝いた。

アルフォンスはだれにも告げず、書置きすら残さず、前線に発《た》った。大学の学位など、ルワンダ愛国戦線《RPF》ではなんの重みもなかった。組織の人間にとって、彼はほかのメンバーとおなじ兵士のひとりにすぎなかった。そして、前線で死んだ。ろくに暮らしたことのない国のために、勇敢な兵士として。キャッサバ畑の戦場で泥にまみれて、算数も読み書きもできない人みたいに。

酔っぱらうとアルフォンスはよく、難民の子ならではの感傷に浸った。あるときはまるで虫の知らせがあったかのように、自分の葬儀の話をした。ぼくが死んだら、道化師や曲芸師や火吹き男を呼んで、盛大なパーティーを開いてくれ。中央市場で売ってるようなカラフルな腰布をまとい、太陽を讃えるスピーチをしてほしい。気の滅入る鎮魂曲とか、シメオンの讃歌とか、しんみりしたのはごめんだぞ。アルフォンスの葬儀の日、パシフィックはギターを手にとり、アルフォンスが好きだった歌を捧げた。元兵士が戦争の愚かしさを訴える歌詞で、アルフォンス本人に似て、雰囲気は軽妙でおどけているのに、奥底に悲しみを湛えた歌だった。パシフィックは喉が詰まり、最後まで歌うことができなかった。

そして今度はそのパシフィックが、戦いに身を投じることを決めた。決意はすでにお祖母ちゃんに打ち明けていた。だからこの日曜日の昼前、ミサから帰ってきたあとみんなが食卓につくとすぐに、母さんがここぞとばかりに切り出したのだ。

「ねえ、パシフィック、みんなあなたのこと、心配してるのよ。キメンイ先生からお母さんに連絡があったの。学校に行ってないんですって？」

「ぼくと同学年のルワンダ人はみんな前線に向かった。だから、ぼくも準備してるんだよ、姉さん」

「少しようすを見たほうがいい。じきに和平協定の成果が出るはずだから。十日前にキガリのウセビー叔母さんの家を訪ねたとき、政治的な解決がもたらされるだろうって、みんな期待してたもの。だから、ここは辛抱してちょうだい！」

「過激な主張をするやつらがいるんだ。信用できないよ。ルワンダ政府は国際社会に対して体裁を繕ういっぽうで、国内ではあいかわらず民兵に武装させ、殺戮や暗殺に手を染め、ラジオを通じて暴力をかき立てている。政治家は憎しみを煽る演説をして、国民に向かって、ツチ族を狩れ、ツチ族をニャバロンゴ川に投げ捨てろ、って呼びかけてる。こっちも組織化を図らなくっちゃ。和平協定が紙切れ同然になったときにそなえて、戦う準備を整えておくべきだよ。これは生きるか死ぬかの問題なんだ、姉さん」

お祖母ちゃんもひいお祖母ちゃんも無言だった。母さんは目をつむり、こめかみを揉んだ。となりの家のラジオからミサ曲が流れてくる。フォークが皿にあたる音が響く。風が窓辺のカーテンを揺らす。暑さのせいでパシフィックのなめらかな肌にうっすら汗が光っている。牛肉を噛むたびに、あごの筋肉がぎゅっと縮むのがわかる。ぼくはけっして口にはされないけれど、食卓のまわりに漂っているあるものの存在に気づいていた。アナがトマトソースからとりのぞいたハエとおなじくらいはっきりその場に存在するものに。アルフォンスの死に。

昼食のあと、お祖母ちゃんはみんなにひと休みするよう命じた。いつものようにぼくはパシフィックの部屋で横になった。母さんが独身時代に使っていた、窓がなく、壁の両側にひとつずつ簡易ベッドが置いてあるだけの小さな部屋だ。剝き出しのコードの先にぶらさがっている赤く塗った電球が、ところせましとポスターが貼られた緑の壁に陰気な光を放っている。パシフィックはベッドのスプリングの上にじかに寝ていた。そうして前線の厳しい生活にそなえているらしい。パシフィックは言った——朝は早起きして、ルワンダの若者数人とビーチで身体を鍛えてるよ、砂浜を走ったりしてね。飢えの感覚や耐久生活に慣れるため、ほんのひと握りのインゲン豆しか食べない日もあるんだ。

ベッドに横になりながら、ぼくは前の日に自転車をとりあげてしまったあの少年のことを考えていた。神の御業や献身や自己犠牲といった、ぼくをひどくうしろめたい気持ちにさせるあれこれについて語ったドナシアンの説教も。ぼくはあれからずっと、自分が身勝手で見栄っ張りな人間だと思い、自転車の一件を恥じていた。自分のものをとり返そうとしただけなのに、ぼくは被害者から加害者に一瞬にして変わってしまっていた。だれかに打ち明けなければ、このやましさを追い払わなければ、とてもじゃないけれどいたたまれない。ぼくは小声でたずねた。

「パシフィック、もう寝た？」

「う、うん……」

「神さまを信じてる？」

「えっ？」

「神さまのこと、信じてる？」

「いや、ぼくは共産主義者だから。ぼくが信じてるのは人民だ。黙って寝ろよ！」

「そっちのベッドの上に貼ってあるカレンダーの人、あれはだれ？」

「ルワンダ愛国戦線《RPF》のリーダーのフレッド・ルウィゲマだ。英雄さ。彼のおかげでぼくらは戦える。彼がぼくらに誇りをとりもどさせてくれたんだ」

「じゃあ、その人と一緒に戦うんだね？」

「彼は死んだよ。攻撃の最初のころに」

「えっ……、だれが殺したの？」

「つぎからつぎにうるさいな。もう寝ろよ！」

　パシフィックはスプリングの金属音を響かせて壁を向いてしまった。ぼくは昼寝ができない性質《たち》で、なぜこの時間にわざわざ眠らなければならないのか、まったくわからなかった。活力をとりもどすには夜の眠りだけでじゅうぶんだ。だから、時間が流れるのをじっと待った。大人が起き出すまでベッドから離れるな、と言い渡されていた。物音に耳を澄まし、起きあがってもいいという合図の最初の気配をうかがった。二時間待たなければならないこともあった。居間の向かいにあるパシフィックの部屋のドアはほんの少しだけ開いていて、そこからわずかに光が射しこんでくる。ぼくはこの時間、壁に貼られたポスターに見入ったものだ。ポスターは雑誌のページを切りとって雑に糊づけしたものだった。若いころの母さんの憧れのスターが、パシフィックのスターと並んでいる。歌手のフランス・ギャルがマイケル・ジャクソンと仏人サッカー選手、ジャン＝ピエール・パパンのあいだにはさまれ、ブルンジ訪問時の法王ヨハネ・パウロ二世を写した一枚が、ティナ・ターナーの片脚とジミ・ヘンドリックスのギターにかぶさっていた。そうかと思えば、ケニアの歯磨き粉の広告がジェームズ・ディーンのポスターに重ね貼りしてある。時間つぶしに、ベッドの下に置いてあるパシフィックの漫画《バンド・デシネ》を拾いあげて読んだりもした。〈アラン・シュバリエ〉、〈スピルー〉、〈タンタン〉、〈ラハン〉……。

家のなかで物音がしはじめると、ぼくはベッドから飛び出してひいお祖母ちゃんのロザリーのところに行った。ひいお祖母ちゃんには午後の日課があった。裏庭に敷いてある莚《むしろ》に座り、まずは象牙椰子でできたタバコ入れを開ける。そしてなかからタバコの葉を二、三度つまみ出して木のパイプに詰め、マッチをすって火をつける。それから目をつむり、新鮮な香りを放つタバコをちびちび吸う。吸い終えると、ビニール袋からサイザル麻の繊維かバナナの葉を取り出して、コースターや円錐形の籠をつくりはじめた。

ひいお祖母ちゃんはそうして手づくりしたものを市《まち》の中心部で売り、家計の足しにした。一家の生活を支えているのは、看護師として働くお祖母ちゃんのわずかな稼ぎと、母さんからのときどきの援助だった。

ひいお祖母ちゃんの頭は、白髪まじりの灰色の縮れ毛がぼうぼうに逆立っていて、まるでコック帽をかぶっているみたいだった。髪の毛のせいで、か細い首には不釣り合いなほど頭がひょろりと縦長に見え、針の上でバランスを保っているラグビーボールのようにも見えた。百歳に手がとどきそうなほど高齢で、かつてのルワンダ王の人生を語ってくれたものだ。ドイツ、次いでベルギーから来た植民者たちに抵抗したこの王さまは、結局、キリスト教への改宗を拒み、海外に亡命した。ぼくは王さまや白人宣教師たちが犯した愚かな行ないの数々には興味がもてず、話を聞きながらあくびした。するとパシフィックはムッとした顔で、ぼくには好奇心が欠けていると責めた。そんなパシフィックに母さんは言い返した。うちの子たちはフランス人のおちびさんだから、昔のルワンダの話をされても退屈なだけなの。けれどパシフィックにとっては、退屈なんてことはまったくなかった。彼はルワンダの歴史や華々しい戦いや、牧歌的な詩、讃歌、戦士の踊り〝イントレ〟、部族の系譜、道徳の教えなどについて語るひいお祖母ちゃんの話を飽きずに何時間でも聴いていた。

お祖母ちゃんは母さんがぼくとアナに〝キンヤルワンダ〟、つまりルワンダ語で話しかけないのが気に入らず、いつも愚痴をこぼしていた。この言葉があるからこそ、よその国で難民暮らしを送っていてもルワンダ人でありつづけることができるのに。キンヤルワンダが話せなければ、この子たちは立派な〝バンヤルワンダス〟――〝ルワンダから来た人〟にはぜったいになれないよ。そんな論法に母さんは耳を貸さなかった。母さんにとってぼくらは白人の子どもだった。肌の色がほんの少しキャラメルがかってはいるけれど、白人であることには変わりない。ぼくとアナがキンヤルワンダの単語をいくつか口にすると、母さんはすぐにアクセントをからかった。母さんがそんなだもの、ぼくは正直、ルワンダなんかどうでもよかった。ルワンダの王室も、ルワンダの牛も山々も、満ち欠けする月も、乳も蜂蜜も蜂蜜酒も。

午後が終わろうとしていた。ひいお祖母ちゃんはあいかわらず遠い昔の日々を、ルワンダが理想の国に美化されたセピア色の思い出話を語りつづけている。ムシンガ王（在位一八九六～一九三一）みたいに、祖国の土を踏めないまま、避難先で死にたかないよ。ひいお祖母ちゃんは何度もそう口にした。祖国の大地で、ご先祖さまたちの国で人生を終えることが肝心なのさ。ひいお祖母ちゃんはシタールの調べを思わせる抑揚で、やさしいささやきを口にするように、静かにゆったりと話しつづけた。白内障のせいで目が青みを帯び、いつもどちらかの頬に涙の粒がぽろぽろと転がり落ちそうになっていた。

パシフィックは、ひいお祖母ちゃんが語る言葉をたっぷりのみこんだ。頭を軽く揺らしながら、その郷愁に身をゆだねてあやされた。そしてひいお祖母ちゃんに近寄り、その薄い骨ばった小さな手を両手ではさみ、耳もとでささやいた。迫害はじきに終わる、わが家に帰る時が来た、ブルンジはぼくらの国じゃない、このまま永遠に難民のままでいるわけにはいかない……。年老いたひいお祖母ちゃんは自分の過去と失われた祖国にしがみつき、若いパシフィックは自分の未来と新しい近代的な国の建設を――ルワンダ人すべてにとっての新しい国の建設を声高に叫んでいた。けれど、ふたりともおなじ夢を語っていた。祖国に帰るという夢を。いっぽうは歴史の一部となり、いっぽうは歴史をつくろうとしていた。

暖かい風がぼくらをつつみ、一同のまわりをくるりとめぐって彼方へ消えた。そうして、なけなしの希望の数々を運んでいった。空に星々がおずおずと瞬きはじめた。星々は遠い地上にあるお祖母ちゃんの家の小さな庭、この流刑地のささやかな一角にいるぼくらを見下ろしていた。不遇な人生に強いられた夢と願いを語り合うぼくたち家族を。

10

あの呼び名を思いついたのはジノだった。ジノはぼくらのグループに名前をつけたがっていた。みんなで長いあいだ考えた。〝三銃士〟が候補にあがったけれど、あいにくぼくらは五人だった。双子が考え出すのは、どれもこれも手垢のついたぱっとしない名前ばかりだった。〝五本指〟とか、〝世界一の仲間たち〟といったたぐいの。そしてあるとき、ジノがあのアメリカ風の名前を思いついた。当時、学校ではアメリカ人みたいにふるまうのが流行っていた。なにかにつけて「クール」を連発し、ぎくしゃく身体を揺らして歩き、模様を剃りこむヘアスタイルをまね、だぶだぶの服を着てバスケットボールをした。けれど、ジノがその名前を考えついたのは、アメリカのシンガーグループ、ボーイズⅡメンの影響だった。ぼくらはこのグループを、毎週土曜日に放映される〈サウンドの彼方に〉という音楽番組で見て知っていた。ジノのアイディアを聞いて、それいいね、とみんなが賛成した。ボーイズⅡメンのメンバーのひとりはブルンジ人だったし、ジノが主張するアメリカ風の名前をつければ、その人に敬意を表することになる。けれど、その人がほんとうにブルンジ出身なのか、確かなところはわからなかった。それでもブジュンブラではだれもが知っている噂が流れていて、それによればボーイズⅡメンの背の高い痩せた男は、ブウィザ地区かニャカビガ地区の出だということだった。もっとも、情報の裏をとった記者はいなかった。ジノが〝キナニラ・ボーイズ〟という名前をつけたがっているのにはもうひとつ、べつの理由もあった。ジノは力説した。この袋道に君臨する新しい王者って感じがする呼び名だし、これならキナニラ地区を支配してるのはおれたちで、だれにも手出しはさせないぞ、ってアピールできるだろ。

袋道はぼくらの勝手知ったる場所で、五人とも家はその通りにあった。双子はぼくの家の向かい、袋道に入ってすぐの左側の家に住んでいた。ふたりは混血で、父親がフランス人、母親がブルンジ人だった。両親はビデオカセットのレンタルショップを経営していて、扱うビデオの大半はアメリカのコメディか、インドの恋愛映画だった。土砂降りの雨の日の午後、ぼくらは双子の家に集まってテレビの前で過ごした。こっそりアダルト映画を観ることもあったけれど、みんなあんまり好みじゃなかった。ひとりアルマンをのぞいては。やつは食い入るように画面を見つめた。発情した雄犬がよく人間の脚にするように、クッションにやたらと身体をこすりつけながら。

アルマンは袋道の行き止まりにある、白いレンガ造りの大きな家に住んでいた。両親ともブルンジ人で、グループで唯一の黒人だった。父親はがっしりとしていて、巻き毛の長いもみあげが口ひげと合体して目と鼻を囲んでいた。外交官としてアラブ諸国を飛びまわっていたので、たくさんの国家元首と個人的なつき合いがあった。アルマンのベッドの上に飾られている写真には、カダフィ大佐の膝に乗ったロンパース姿の赤ん坊のアルマンが写っていた。父親が出張ばかりで留守がちだったので、アルマンはふだん母親と姉たちに囲まれて暮らしていた。アルマンの家の女性たちはつんと澄ました信心深い人たちで、ぼくは彼女たちが笑っているのを一度も見たことがない。要するに、アルマンの家族は四角四面で厳格だった。そんな窮屈な環境のなかでもアルマンはただひとり、道化のダンスを踊り、おどけて暮らそうと決めていた。だけど、やっぱり父親のことは怖かった。なにしろ、子どもたちに権威を振りかざすためだけに出張先からもどってくるような親なのだ。抱擁ややさしい言葉はいっさいなし。ただの一度も！　頬を一発はたき、それがすむとすぐさまトリポリやカルタゴ行きの飛行機に飛び乗る。その結果、アルマンは二つの顔をもつようになった。家での顔と、通りでの顔。裏の顔と、表の顔。

そして、ジノ。グループ最年長で、ぼくより一年九か月年上だった。ぼくらとおなじクラスになるためわざわざ留年したらしい。というか、進級できなかったことを本人はそう言いわけしていた。ジノは袋道のなかほど、赤い門がある古い大きな植民地時代の家で父親と暮らしていた。父親はベルギー人で、ブジュンブラ大学の政治学の教授だった。母親はぼくの母さんとおなじルワンダ人だったけれど、姿を見たことはない。ジノの説明では、あるときはルワンダの首都キガリで働いていたり、あるときはヨーロッパに滞在したりしていた。

ぼくらはけんかが絶えなかったけれど、それでも互いを兄弟みたいに大切に想っていた。午後、昼食を食べ終えるとすぐに五人で司令部へと向かう。溜まり場にしていたのは、空き地のまんなかに打ち捨てられたままになっているぼろぼろのフォルクスワーゲン・コンビだ。車中でぼくらは、おしゃべりしたりからかい合ったり、こっそりタバコ〈スーパーマッチ〉を吹かしたり、ジノのにわかには信じられないような話や双子の冗談に耳を傾けたりした。アルマンは驚くべき特技の数々を披露した。まぶたをひっくり返して内側を見せる。舌で自分の鼻に触れる。親指をぐいと後ろに倒して手首につける。前歯で瓶の栓を抜く。赤唐辛子を齧《かじ》り、まばたきひとつしないでのみこむ……。フォルクスワーゲン・コンビのなかでぼくらは、遊びやいたずらや遠出の計画を立てた。心を逸らせながら、人生がぼくらに用意している喜びや冒険についてふんだんに夢を抱き、想像をたくましくした。つまるところ、袋道の空き地にあるあの溜まり場で、ぼくらは満ち足りていて幸せだった。

その日の午後、ぼくと仲間はマンゴーをとるため近所をうろついていた。マンゴーの木から実を落とすのに石を投げつける方法は、ある日を境にやめにした。アルマンの投げた石が少しばかり飛びすぎて、彼の父親のベンツの車体を傷つけてしまったのだ。アルマンは忘れようにも忘れられない派手なおしおきを受けることになった。袋道の奥からルモンゲ街道にまで、アルマンの叫び声が身体を打つベルトの鋭い音とともに響きわたった。あの一件のあと、ぼくらは長い竿の先に古いゴムチューブで針金のフックをとりつけた道具を何本かこしらえた。竿は六メートルを超える長さで、それを使えば、どんなに手のとどきにくいところにある実も枝からもぎとることができた。

アスファルトの道路を歩いていると、何人ものドライバーがぼくらのおかしなかっこうをからかった。上半身裸で、しかも裸足。長い竿を引きずり、収穫したマンゴーを脱いだTシャツにつつんで歩くその姿は、確かにかなり珍妙だったにちがいない。

おそらくアルマンの両親の知り合いだろう、おしゃれなご婦人がぼくらの前を通りかかった。彼女は、裸の上半身をさらし、靴も履かずに足を土埃だらけにしているアルマンをみとめると、天を仰ぎ、十字を切った。「まあ、なんて姿でしょう！　すぐに服を着なさい。これじゃ、通りにたむろする素行の悪い少年と大差ありませんよ」素行の悪い少年とはまさにぼくらのことなのに、大人はときどき妙なことを口走る。

袋道にもどってくると、ぼくらはヴァン・ゴッツェンさんの家の庭に大きなマンゴーがなっているのに気がついた。道路から長い竿をのばし、何個かかすめとることはできたけれど、おいしそうなやつは遠すぎてとどかない。手に入れるには家の壁によじ登るしかなかった。けれど、ヴァン・ゴッツェンさんに見つかるのが怖かった。ヴァン・ゴッツェンさんは少し頭のおかしい高齢のドイツ人で、弩《おおゆみ》の蒐集家で、過去に二度、牢屋に入れられたことがある。一度目は庭師の食事に小便をひっかけたかどで——というのも、この庭師が畏《おそ》れ多くも賃上げを要求したからだ——、二度目は、バナナのフランベを焦がしてしまった使用人を冷凍庫に閉じこめた罪を問われて。奥さんのほうは夫ほど悪目立ちはしなかったけれど、夫に輪をかけた人種差別主義者だった。毎日メリディアンホテルでゴルフを楽しみ、ブジュンブラ馬術クラブの会長を務め、黒光りするご自慢の見事な純血種の馬の世話に明け暮れていた。夫妻の家は袋道一の美しさを誇り、唯一の二階建てで、プールもついていた。けれど、そんな豪邸でもぼくらは近づかないようにしていた。

その向かい、双子の家のとなりにはエコノモポロス夫人の家があった。夫人はギリシャ人のお婆さんで、子はなかったけれど、ダックスフントを十四ほど飼っていた。ぼくらは、夫人の家の柵の下にできた穴をくぐって敷地に入りこんだ。穴は界隈の野良犬たちが、盛りのついたダックスフントの雌のもとに夜な夜な通うために掘ったものだった。木陰が広がるエコノモポロス夫人の庭ではマンゴーの大木だけでなく、おそらくブルンジでここだけと思われるぎっしり実をつけたブドウの木とたくさんの花々が育っていた。

アルマンとぼくがブドウをくすね、ジノと双子が大きく膨らんだマンゴーの実を失敬していると、エコノモポロス夫人の使用人が血相を変え、箒《ほうき》を頭の上で振りまわしながら飛んできた。使用人はすぐにダックスフントの檻の扉を開けた。犬の群れに追いかけられることになったぼくらは猛ダッシュし、柵の下の穴をふたたびくぐって敷地の外に出た。逃走する際、アルマンの半ズボンが有刺鉄線に引っかかって破けてしまった。丸出しの尻にのびたひと筋の傷を見て、ぼくらはゆうに十五分は笑い転げた。そしてそのあと、エコノモポロス夫人の門扉の前に陣取った。夫人が毎日おなじ時間に市《まち》の中心部からもどってくるのを知っていたからだ。ぼくらの姿を目にして喜ぶことも。

夫人が運転する赤い小さなラーダが近づいてくると、ぼくらは車のドアに駆け寄り、自分たちのマンゴーを売りつけた。というか、夫人のマンゴーを……。夫人はおつき合いでほんの十個ばかり買ってくれた。使用人が門扉を開けているあいだにぼくらはポケットに千フラン札を突っこみ、大急ぎで駆けだした。怒り狂った使用人が箒を放り投げ、キルンジ語でなにやらののしったけれど、ぼくらはすでに遠くまで逃げていた。

収穫物の残りを抱えてフォルクスワーゲン・コンビにもどると、さっそくマンゴーをむさぼった。これぞまさに食べ放題！　果汁が顎、頬、腕、服、足を伝い落ちる。つるつると滑りやすい種はしゃぶりつくされ、ぎりぎりまで果肉を削ぎ落とされた。皮の裏側に残っていた果肉も、こそげられ、浚《さら》われ、きれいに舐めとられた。歯のあいだにマンゴーの繊維がはさまった。

果汁も果肉もあますところなく平らげ、腹が膨れて息苦しくなると、ぼくら五人はフォルクスワーゲン・コンビの埃だらけの古いシートにぐったりと身をあずけて頭をのけぞらせた。手はべたべたで爪は黒く汚れ、たわいないことにも笑いが弾け、心は甘く幸せな気分に満たされた。マンゴーとりが味わう至福のひとときだ。

「ムハ川に遊びに行こうよ」アルマンが誘った。

「やだよ。それより〈水上クラブ〉に魚釣りに行こうぜ！」ジノが異を唱えた。

「国際高校《リセ・アンテルナシヨナル》の運動場でサッカーしよう」双子が言った。

「〈シェ・ル・プチ・スイス〉でアタリのコンピューターゲームがしたいな」ぼくも言った。

「そいつは無理だよ！　パックマンを一回遊ぶのに、五百フランもかかるんだから」

ぼくらは結局、ムハ川を徒歩で下って〈水上クラブ〉まで行った。正真正銘の冒険だった。あるときは滝に落ちて、双子が川に流されそうになったほどだ。雨季だったので水の勢いが強かった。ぼくらは〈水上クラブ〉の前で細竹を使って釣り竿をつくると、餌にする蛆《うじ》と小麦粉を買った。売っていたのはアジア人街に住むオマーン人の男性だ。しょっちゅう浜辺をうろついているこの人は、見えない大勢の敵と戦っているみたいにいつも空手の型を虚空に繰り出しながら叫んでいたので、みんなに〝ニンジャ〟と呼ばれていた。その姿を見て、大人たちは彼を狂人扱いしたけれど、ぼくら子どもからは好かれていた。大人がしているほかのさまざまのことにくらべれば、この人のやっていることはずっとまともに見えたから。軍事パレードを開催したり、腋の下にデオドランド剤を噴きつけたり、暑いのにネクタイを締めたり、ひと晩じゅう暗闇に座ってビールを飲んだり、あのザイールのルンバの歌を延々と聴いたりすることにくらべれば。

ぼくらは〈水上クラブ〉のレストランの前の岸辺に陣取った。数メートル先でカバの群れが愛を交わしている。強い風が吹いて湖面に白い波が立ち、岩のすそに石鹼の泡のようなこまかいあぶくが立った。ジノが湖に向かって立ち小便をはじめた。だれがいちばん遠くまで飛ばせるか、競争しようぜ。けれど、ジノにつづく者はいなかった。双子は割礼の傷から治りかけたところだったし、アルマンは身体のあの部分にかんしては妙に恥じらいがちだった。そしてぼくは、ほかの仲間が誘いに応じないのを見て、自分だけゲームに参加する勇気が出なかった。

「なんだよ、びびり、弱虫、意気地なし！」

「うるさいぞ、ジノ。ひとりで勝手にザイールまでしょんべん飛ばしてろ。モブツが警察隊を送りこんでくるかもよ。おまえのキンタマ切り落とそうとして」

「切り落としたいのは、フランシスのキンタマだ。あいつがまた、おれたちのシマをうろついたら、ただじゃおかないからな！」ジノはさらに飛距離をのばそうと頑張った。

「またはじまった！ ジノはあいつのことばっかり話してるもんな。じつは気があったりして」

「キナニラ地区はおれたちのものだ！ あんなふにゃチン野郎、ぶっ飛ばしてやる」ジノは風に向かって両腕を大きく広げながら叫んだ。

「よく言うよ。どうせなんにもできないくせに。ジノはワニみたいに口だけはでかいんだから！」

フランシスは年上で、十三歳か十四歳だった。彼はジノの、そしてぼくらグループのにっくき敵だった。けれど、フランシスのほうが強かった。ぼくら五人が束になってかかっても太刀打ちできないぐらいに。とはいえ、ガタイがよかったわけじゃない。むしろその逆で、身体は鉄線みたいで、枯れ木のように細かった。なのに、その強さは無敵に見えた。切り傷や火傷の跡がついた腕や脚は植物の蔓のようだった。皮膚のところどころに鉄板が埋めこまれていて、そのおかげで痛みを感じないんじゃないかとまで思われた。アルマンとぼくはある日、フランシスにとっ捕まり、雑貨屋で買ったばかりのチューインガム〈ジョジョ〉を脅しとられそうになった。ぼくは身を振りほどこうと、脛を思い切り蹴飛ばしたのだけれど、向こうはびくともしなかった。ぼくは唖然とした。

　フランシスは年老いた伯父と一緒にムハ橋の手前、ぼくらが暮らす袋道からほんの道路一本半ほど離れた場所にある、苔の生えた不気味な家に住んでいた。ちょうど庭の奥にムハ川が流れていて、茶色いアフリカニシキヘビがのたうっているように見えた。やつの家の前を通りすぎるときは、側溝に身を隠して進んだものだ。向こうもぼくらを嫌っていて、あいつらは金持ちのガキだ、パパとママがちゃんといて、四時におやつを食べるような贅沢なガキだ、と悪口を言った。そうした言葉を聞くたびに、ジノはカッとなった。ブジュンブラのドンとして君臨し、みんなに一目置かれる存在になることを夢見ていたからだ。いっぽうフランシスは、自分はかつて〝マイボボ〟、つまりストリートチルドレンで、ンガガラ地区やブウィザ地区のギャングに知り合いがいると豪語していた。おれは善良なる市民ってやつらから金品を巻きあげることでこのところ新聞をにぎわしてる、〈しくじり知らず《サン・ゼシェック》〉や〈負け知らず《サン・デフェット》〉って名のすごいギャング団のメンバーと知り合いなんだぜ。

みんなには言えなかったけれど、ぼくはフランシスが怖かった。ジノが袋道を守ろうとして、けんかや殴り合いを主張するたびにいやな気持ちになった。仲間が少しずつジノの意見になびいていくのがわかったから。ぼくも少しはその気になったけれど、ぼくはバナナの木で舟をつくってムハ川を下ったり、双眼鏡を手にして国際高校《リセ・アンテルナショナル》の裏に広がるトウモロコシ畑でバードウォッチングをしたり、近くのゴム林に小屋をつくり、そこでインディアンと西部開拓者たちの決闘ごっこをして遊ぶほうが好きだった。ぼくらは袋道をすみずみまでよく知っていた。そしてそこで一生暮らしたいと思っていた。五人一緒に。

どんなに頭をひねっても、ぼくらのものの見方が変わってしまったのがいつなのか、わからない。いっぽうにぼくらがいて、もういっぽうに敵が——フランシスのような敵がいると考えるようになってしまったのがいつなのか、わからない。記憶をさまざまな方向にひっくり返してみたけれど、どうにもはっきり思い出せないのだ。わずかな持ちものを分かち合うのはもうやめようと決めた瞬間を。ほかの人を信じるのはもうよそうと決めた瞬間を。ほかの人を危険とみなし、ぼくらの地区を要塞に、ぼくらの袋道を囲い地にすることで、外の世界とのあいだにあの見えない境界線を引こうと決めた瞬間を。

ぼくはいまでも自問している。仲間とぼくはいったいいつ、恐怖を抱きはじめたんだろう。

11

山々の稜線の向こうに太陽が消えゆくあのひとときほど、心を落ち着かせるものはない。夕暮れが夜の冷気と、刻一刻と移ろいゆく暖かな光を連れてくる。この時間、リズムが変わる。人びとは仕事を終えて静かに家路につき、夜警《ザム》は仕事をはじめ、隣人たちは玄関前に椅子を出してのんびりくつろぐ。あたりはカエルとコオロギの大合唱に先立つひとときの静寂に満たされる。サッカーをしたり、友だちと側溝の縁石に座っておしゃべりしたり、耳にラジオをあてて番組を聴いたり、近所の人を訪問したりするのにうってつけの時間にもなる。

退屈な午後は小刻みな足取りでようやく立ち去った。ぼくはこのはざまの時間、この疲労の滲むひとときによくジノの家のガレージの前、芳香を放つプルメリアの木の下でやつと落ち合い、夜警《ザム》が座る莚《むしろ》にふたりして寝そべったものだ。ぼくらはノイズが入る小さなラジオから流れる前線のニュースに耳を澄ました。ざあざあと耳障りな雑音を減らそうと、ジノがアンテナを調整する。やつは全神経を集中させ、ニュースを一文一文訳してくれた。

　数日前にルワンダでふたたび戦闘がはじまっていた。パシフィックは荷物を抱え——ギターは家に残して——、ついに前線へ旅立った。ジノは興奮した——ルワンダ愛国戦線《RPF》が自由を奪還するため前進しているぞ。そして、ここでなにもしないで座っていることにいら立った。おれたちは弱虫だ、おれたちも戦わなきゃならないんだ。噂では、ぼくらのような混血も戦いに加わっているとのことだった。ジノは、〝カドゴ〟と呼ばれる十二歳から十三歳の子ども兵もいると教えてくれた。

　ジノが、ぼくの親友のジノが、自分の身体より大きいカラシニコフを手にして、ヴィルンガ山地の霧のなか行なわれているゲリラ戦に身を投じたがっている。仲間が彼の庭で集めたクモを怖がり、遠くから雷鳴が聞こえるとすぐに地面に伏せてしまうあのジノが……。ジノは小枝で前腕の皮膚を血が出るほど引っかいて、〝RPF〟と記した。傷跡は膨れてしまい、きれいな三文字にはならなかった。ジノにはぼくとおなじようにルワンダ人の血が半分流れていた。けれど、ぼくはひそかにやつをうらやんでいた。キンヤルワンダを完璧に話すことができ、自分が何者かちゃんとわかっていたからだ。ぼくの父さんは、十二歳の子が大人の会話に口をはさむのを目にしていやがっていた。けれどジノにとって、政治はタブーでもなんでもなかった。ジノの父親は大学教授で、世のなかの動きについていつも息子に意見を求め、〈若いアフリカ〉紙のこの記事を読むといい、〈ル・ソワール〉紙のあの記事を読んでみろとアドバイスした。だからジノは、大人の言うことをいつもちゃんと理解していた。そしてそれが、やつの弱みでもあった。

朝食にブラックコーヒーを飲み、ぼくがブジュンブラを本拠地にするサッカーチーム〈ヴィタルオ・クラブ〉の試合に夢中になるのとおなじくらい熱心にラジオ《R》・フランス《F》・アンテルナショナル《I》のニュース番組に聴き入る子どもは、ぼくが知るかぎりジノだけだ。やつはふたりきりになるとしつこくぼくに、やつが言うところの〝アイデンティティ〟なるものを獲得しなきゃだめだと言い張った。やつによれば、ぼくが身につけなければならない人としてのあり方、考え方、感じ方というものがあるらしい。そして母さんやパシフィックとおなじ意見を口にした――おれたちはここでは難民にすぎない。自分たちの国に、ルワンダに、帰らなきゃならない。

自分の国？ それはここ、ブルンジだ。確かにぼくの母親はルワンダ人だ。けれどぼくにとっては、ブルンジ、フランス人学校、キナニラ地区、袋道だけが現実だ。ほかに現実は存在しない。とはいえ、アルフォンスが死に、パシフィックが前線に発ったことで、ぼく自身、自分も周囲の出来事とかかわっていると認めざるをえなくなっていた。

それでも怖かった。世のなかの出来事を口にするぼくを見た父さんの反応が怖かった。ぼくのなかにあるものごとの秩序に、混乱をもたらすのが怖かった。戦争が――ぼくの頭のなかでは不幸と悲しみでしかない戦争が、現に起こっているのが怖かった。

その日の夕方、ぼくとジノがラジオを聴いていると、なんの前触れもなく夜の闇が降りてきた。ぼくらはジノの家のなかに入った。ジノの父が大の写真好きだったので、居間の壁は動物写真のギャラリーと化していた。ジノの父は週末になると、帽子に半袖シャツに半ズボン、それに靴下にサンダルといういでたちで、ルヴブ国立公園へ撮影のためのサファリツアーに出る。そして撮ってきた写真を、目張りした自宅の浴室で現像するのだ。ジノの家には歯医者さんのにおいが漂っていた。写真の現像に使う化学薬品のにおいが、ジノの父親がたっぷり振りかけているオーデコロンの香りとまじっていた。ジノの父は幽霊だった。たとえ姿は見えなくても、肌に染みこんだトイレの消毒剤のようなにおいと、講義原稿や政治学の著書を書くため来る日も来る日もカチャカチャ叩きつづけているタイプライターの音を通じて、その存在を感じさせた。ジノの父は秩序と清潔を重んじた。なにかするごとに、たとえばカーテンを開けたり、植物に水をやったりするごとに、「さあ、これでよし！」とうなずいた。その規則正しい代わり映えのしない一日を通して、やり終えた事柄に頭のなかで逐一チェックマークをつけ、「終了！」とつぶやいているようだった。前腕の毛は一方向に乱れなくブラシで撫でつけられていた。修道士のような頭頂部のはげは、側面から髪をもってきて隠していた。ネクタイの日は右側の髪を、蝶タイの日は左側の髪を。はげ隠しの髪は、頭頂部を覆ったあとその先端がすっきりきれいな空白の線をこしらえるよう、念入りに長さを調整されていた。そうしてついた白い線は、目隠し《カモフラージュ》をとりのぞいた塹壕を思わせた。近所で彼は写真《ベ》のフィルム《リキュル》でおなじみの〝コダック〟とあだなされていた。写真好きだからではない。脂っぽい髪に大量のふけ《ペリキュル》がついていたからだ。

家のなかに入ったとたん、ジノはひょうきんさを失った。ふざけたり、悪態をついたり、げっぷをしたり、ぼくの頭を股にはさんで屁をひることもなくなった。飼い主大好きのプードル犬よろしく、ぼくのあとをちょこまかとついてまわり、トイレの水をちゃんと流したか、便座に小便のしぶきを飛ばしていないか、居間の置物をもとの場所にまちがいなくもどしたか確かめた。父親の神経質な性分が息子に伝播し、家のなかの空気も冷たくよそよそしいものになっていた。

その夜は熱帯特有の蒸し暑さだった。けれど、ジノの家だけ極地の風が吹きつけているみたいで、ジノ自身、そのことに気づいていた。ほどなくしてぼくらは顔を見合わせた。そして互いにこの古い家のなかで居心地の悪い思いをしているのを感じとった。そこで蛍光灯の青白い光を離れ――蛾はヤモリが食べるにまかせ――、ジノの父がオリベッティを叩く耳障りな音から逃れて、ほっと息がつける夜の闇へと出ていった。

袋道は土と砂利からなる長さ二百メートルほどの行き止まりの道で、中央部にアボカドとグレビレアの木が生えていたので自然に二車線に分かれていた。ブーゲンビリアの生垣のすきまから、果樹やヤシの木のある庭に囲まれた瀟洒《しょうしゃ》な家々をのぞくことができた。側溝沿いに生えたレモングラスは、蚊を追い払うほのかな芳香を放っていた。

袋道を歩きながらぼくとジノは、仲良しの友だち同士がするように手をつなぎ、いろんな話をした。内気なぼくがたまに打ち明け話をする相手は、グループのなかで唯一ジノだった。母さんが家を出ていってしまったことで、ぼくの心にあらたな疑問がいくつか芽生えていた。

「寂しくないか、お母さんに会えなくて」

「もうじき会う予定さ。いま、キガリにいるんだ」

「この前はヨーロッパにいるって言ってなかったっけ？」

「うん。でも、もどってきたのさ」

「お父さんとお母さんは別れたのか？」

「いや、そうじゃない。一緒に住んでないだけだ」

「もう愛し合ってないのか？」

「愛し合ってるさ。なぜ、そんなことを訊く？」

「だって、一緒に暮らしてないから。一緒に暮らさないのは、愛し合ってないからだろ？」

「ギャビーにとってはそうかもしれないけど、おれにとってはそうじゃない……」

ぼくらは雑貨屋の格子扉に吊りさげられた耐風ランプの青白い光にゆっくり近づいていった。そして、店に改造されたコンテナの前でぼくはエコノモポロス夫人からもらった数千フランの残りをポケットからとり出して、ビスケット〈ティップ・トップ〉とチューインガム〈ジョジョ〉を買った。それでもかなりお金が余っていたので、ジノが酒場でビールを飲もうと言った。酒場は袋道の窪み、ひょろりと生育の悪いホウオウボクの木の下に設けられていた。


酒場はブルンジでもっとも重要な〝施設〟だった。それはいわば市民の集会場であり、歩道のラジオであり、国の拍動だった。どの地区にも、どの通りにも、明かりのついていない酒場の小屋があり、そこでは人びとが暗闇を肴《さかな》に生ぬるいビールを飲んでいた。地面からほんの数センチの高さしかない、座り心地の悪いビールケースやスツールに腰かけて。酒場は客たちに正体を知られないままでいる贅沢を――だれと気づかれずに会話に加わったり、あるいは黙って会話に耳を傾けたりする贅沢をあたえていた。だれもが顔見知りのこのちいさな国では、酒場だけが本音を語り、あるがままでいることのできる場所だった。そこでは、壁で仕切られた投票所の記入ブースにいるのとおなじ自由を手にすることができた。そして投票の経験のない国民にとって、みずからの意見を表明することは格別の意味をもっていた。金持ちの旦那《ブワナ》さまであれ、しがない使用人であれ、酒場では身分や地位にとらわれずに、頭、心、腹、下半身をあけっぴろげにすることができた。

ジノが二本、プリムスビールを注文した。やつは政治談議を聞きにここに来るのが好きだった。あばら屋の波形トタン屋根の軒の下に座っていた客は、いったい何人いただろう。だれにもわからなかったにちがいない。けれど、そんなことはどうでもよかった。暗がりがぼくらを闇に沈ませ、そこからただ言葉だけが、ぽつりぽつりと脈略なく浮びあがり、流れ星のように消え去った。会話と会話の合間の沈黙は、永遠につづきそうなほど長引いた。そしてまた無からあらたな声が湧き、姿をあらわすと、しじまに溶けて消えていった。

「いいか、民主主義は善だ。国民がようやく自分たちの運命を決することになるんだからな。こたびの大統領選挙を喜ぶべきだ。選挙が平和と進歩をもたらしてくれるだろうよ」

「悪いが同胞、ここはひとつ異を唱えさせてくれ。民主主義は白人がこさえたもので、目的はただひとつ、おれたちを分裂させることだ。一党独裁を捨てたのは誤りだった。白人連中は何世紀にもわたる紛争を経て、ようやくいまの状態に落ち着いた。なのにいま、たった数か月でおなじことを成し遂げろと要求する。おれはな、この国の指導者たちが民主主義なんていうたいそうなものに下手に手を出して、災いを招くのが心配なんだ。民主主義がもたらすものを、連中が扱いきれるはずがない」

「木登りできんやつは、地べたでじっとしてるしかねえ」

「やたらめったら喉が渇く……」

「ブルンジ人には王を敬う文化がある。ひとりの君主、ひとつの政党、ひとつの国家！要するに、統一ってことだ。国の標語にもあるように」

「犬は乳牛にはなれない」

「ったく、喉が渇いてたまらんな……」

「そんなものはうわべだけの統一だ。われわれは人民を大切にする文化を養わなければならない。それだけが、平和を長続きさせるための確かな保証なのだから」

「裁判が先だ。それがなきゃ、民主主義の前提となる平和なんぞ、実現できるわけがない！　一九七二年に数千人もの同胞が殺されたっていうのに、いまだに裁判ひとつ開かれちゃいない。このまま法の裁きがないとなれば、殺された者の息子たちが復讐の挙に出るはずだ」

「なにを下らんことを！　過去を蒸し返すな！　未来とは前に進むことだ。民族主義、部族主義、地域主義、敵対関係、そんなものとはおさらばだ！」

「アル中にも！」

「喉が渇いた、喉が渇いた、喉が渇いた、喉が渇いた……」

「同胞たちよ、神は前進するわれわれにつき添ってくれている。ゴルゴタの丘まで歩き進むわが子につき添ったように……」

「なるほどわかったぞ、あの女のせいで喉が渇くのか。もう一杯、ビールを頼まんと」

「白人のやつらはその邪悪な計画を実現させた。あいつらの神と言語と民主主義を、まんまとこっちに押しつけたんだからな。いまじゃ、具合が悪けりゃ連中のところで手当てを受け、子どもは連中の学校で勉強する。黒人なんて、みな判で押したように考えなしで救いようがない……」

「あのあばずれはおれさまを素寒貧《すかんぴん》にしたが、この喉の渇きだけは奪えなんだ」

「われわれは壮大な悲劇の地に生きている。アフリカは拳銃のかたちをしていて、だれもその事実にはあらがえない。引き金を引くしかない。われわれ自身に向けて、あるいは、どこかほかを目がけて。とにかく、引き金を引くしかない！」

「未来は過去から生まれる、卵が鶏から産み落とされるように」

「ビールだ、ビールだ、ビールをよこせ！」

ぼくらはそれからしばらくのあいだ、静かに座って生ぬるいプリムスビールを飲んだ。やがてぼくはジノに、じゃあね、と耳打ちした。血液をめぐるアルコールのせいで、自分のとなりにいる人影がジノなのかどうかもおぼつかなかった。もう帰らなきゃ。そろそろ父さんが心配し出すから。暗闇のなか、袋道を下って家まで帰った。足が少しもつれた。木々の枝から夜鳥の鳴き声が降ってきた。頭上の空はがらんどうで、闇のなかから夜の言葉がまだぼくのところまでとどいてきた。酒場では客たちが雑談を交わし、自分の話に酔い、ビールの栓を抜くのと同時に雑多な思いを閉じこめている心の扉を開けていた。彼らはだれがだれであってもおかしくない、口をもたない声だけの存在、乱れ打つ心臓の鼓動だった。夜の白々としたこの時間、人は消え、国だけが残った。そして国が、みずからに語っていた。

12

〈ブルンジ民主戦線《フロデブ》〉、〈国民進歩連合《ウプロナ》〉——どちらも一九九三年六月一日に行なわれる大統領選挙で鎬《しのぎ》を削っている有力政党の名称だ。三十年におよぶウプロナ党の一党独裁制を経て、いよいよ選挙が行なわれるのだ。一日じゅう、フロデブ、ウプロナという言葉ばかりが飛び交っていた。ラジオでも、テレビでも、大人たちの会話のなかでも。けれど、子どもが政治に関心をもつのを父さんがいやがっていたので、選挙の話になるとぼくはそっぽを向き、なるべく耳に入れないようにした。

国じゅうで選挙活動がお祭り騒ぎと化していた。ウプロナ党の支持者たちは紅白のTシャツに同じ紅白の帽子をかぶり、互いにすれちがうときは、人差し指、中指、薬指の三本を立てた。フロデブ党の支持者たちは緑と白をシンボルカラーに、団結のしるしに握りこぶしを突きあげた。公共の広場や公園やスタジアムなどいたるところで、国民は歌い、踊り、笑い、騒がしい野外祭りを大々的に催した。料理人のプロテは、口を開けば〝民主主義〟を連呼した。それまでは負け犬のように覇気がなく、いつも思い詰めたような暗い表情をしていたのに、まるで別人のようになった。マラリアの後遺症で脚が不自由になってしまった彼が台所で尻をくねらせ、甲高い声で歌っているのを目にしたこともある——フロデブ、コメラ！　フロデブ、コメラ！（フロデブならだいじょうぶ）。ぼくはわくわくした。政治がこんなにすごい活気をもたらすなんて！　ぼくの興奮は、日曜日の午前中にサッカー観戦しているときの高揚感に匹敵した。だからますます不思議だった。父さんはなぜ、子どもがそうした喜びについて——人びとの髪を乱し、その心を希望で満たすそうした再生の風について話すのをいやがるんだろう。

大統領選挙の前日、ぼくは家の裏庭、台所に通じる勝手口の階段に座り、飼い犬のダニを潰し、その身体に寄生したウマバエの幼虫を引き抜いていた。プロテはペンキが剝げた流しの前にしゃがみこみ、讃美歌を口ずさみながらタオルやシーツの洗濯にとりかかっていた。大きな盥《たらい》を水で満たし、パッケージに〈OMO〉と書かれた洗剤を流し入れ、青い水のなかに大量の汚れものを沈める。ドナシアンはぼくらと向き合うかたちで椅子に座り、靴を磨いていた。ダークグレーのアバコストを着て、髪にプラスチックの櫛を突き刺したまま。

イノサンは少し先、庭の奥でシャワーを浴びていた。シャワー室の扉として使われている錆びた鉄板から頭と足が飛び出している。プロテにいやがらせをするため、フロデブ党を揶揄《やゆ》する歌をつくり、大声で歌っていた。「フロデブは泥まみれ、勝つのはウプロナさ」プロテは用心深くシャワー室をうかがいながら、イノサンに聞こえないようにつぶやいた。

「あの大人げない歌を好きなだけ歌うがいいさ。今度ばかりはウプロナの負けだ。しかも、いいか、ドナシアン、あいつらは三十年間権力の座にあぐらをかいてきたせいで、周囲がとんと見えなくなっている。ウプロナはきっとボロ負けするぞ」

「あんまり調子に乗るのはよせ、わが友よ。いい気になって大口を叩くのは罪だ。イノサンは若いがゆえに尊大だ。だが、あんたは賢さというものを身をもってしめさなければならない。若造の挑発なんかに乗ったらだめだ」

「そうだな、ドナシアン。だが、こっちの勝利を知ったときのあいつの顔を早く拝みたくてね」

イノサンは上半身裸でシャワー室から出てくると、猫のようなしなやかな身ごなしでぼくらのところまでやってきた。縮れた髪についた小さな水滴が太陽の光を受けて白く輝き、そこだけ剃髪したように見える。彼はプロテの前で足を止めた。プロテはうつむき、いっそう力をこめてごしごし布をこすりはじめた。イノサンはズボンのポケットに手を入れると、いつものあのうんざりさせる楊枝を一本取り出して口に突っこんだ。そして、ぼくらに見せびらかすように筋肉にぐっと力を入れてポーズをとり、プロテのうなじを小ばかにしたように見下ろした。

「おい、そこの使用人！」

そう呼びかけられて、プロテは布をこするのをやめた。そして立ちあがると、イノサンを冷たい不敵な目でにらみつけた。ドナシアンは靴みがきの手を止め、ぼくは犬の脚から手を放した。イノサンはひ弱なプロテに立ち向かわれて、驚きを隠せなかった。真正面から見返されて動揺し、結局、気まずそうに軽く冷笑を浮かべると、楊枝をペッと地面に吐き捨てた。そして、三本指を立てるウプロナ支持のサインを振りかざしながら立ち去った。イノサンが遠ざかるのをじっと見ていたプロテは、その姿が門扉の向こうに消えると、盥の前にふたたびしゃがみこんで歌い出した――フロデブ、コメラ……。

13

ほかの日と変わらない朝だった。時を告げる雄鶏。脚で耳の後ろをかく犬。家じゅうに漂うコーヒーの香り。父さんの声音をまねるオウム。ザッザッと地面を掃くとなりの庭の箒《ほうき》の音。がなり立てる近所のラジオ。ひなたぼっこをする派手な色のトカゲ〝レインボーアガマ〟。アナがテーブルから落とした砂糖を巣にもち帰ろうとする蟻の隊列。ほかの日となにも変わらない朝だ。

けれど、歴史的な一日のはじまりだった。国のいたるところで、生まれてはじめて一票を投じようと人びとが支度を整えていた。彼らは曙の光が射すとすぐに、最寄りの投票所を目指して家を出た。カラフルな巻きスカートをはいた女たちと、めかしこんだ男たちの長い列が幹線道路を進み、そのそばを、歓喜に沸く人びとをぎゅうぎゅう詰めにしたマイクロバスが連なる。ぼくの家のとなりにあるサッカー場には、四方八方から人が押し寄せた。芝生の上に投票用のテーブルと仕切り壁が設けられている。ぼくは家の囲い柵のすきまから、太陽の下でじりじりと順番を待っている投票人の長い行列をながめていた。集まった人たちは行儀よく静かにしていたけれど、なかには歓びを抑えきれない人もいた。たとえば、赤い巻きスカートに法王ヨハネ・パウロ二世の写真がプリントされたTシャツを着たお婆さんは、「民主主義！　民主主義！」と歌い踊りながら投票ブースから出てきた。若者のグループがお婆さんのそばにさっと駆け寄り、歓声をあげて胴上げする。サッカー場のあちこちで白人とアジア人の姿が目についた。彼らが着ているポケットのたくさんついたベストの背中には〈国際監視団〉と記されていた。ブルンジ人はこの日の大切さを、この日を境にあらたな時代がはじまることをちゃんと心得ていた。この選挙が一党独裁制とクーデターの時代に終止符を打つことになるのだと、ついに国民ひとりひとりが自由にみずからの代表を選ぶことができるようになったのだとわかっていた。一日が終わり、最後の投票人の姿が消えると、サッカー場は広大な戦場のようなありさまだった。芝生は踏みにじられ、地面には紙切れが散らばっていた。ぼくはアナと一緒に囲い柵の下をすり抜け、投票ブースまで這っていった。そして、そこに残っていた投票用紙を拾い集めた。フロデブ党を支持したものもあれば、ウプロナ党や国民和解党に票を投じたのもあった。この記念すべき日の思い出として、ぼくはそれらをとっておくことにした。

つぎの日は奇妙な感じだった。ありとあらゆるものが動きを止め、投票結果を待つ市《まち》は不安につつまれていた。家では電話がひっきりなしに鳴っていた。父さんはぼくが袋道の友だちの家に行くのを禁じた。ぼくの家の庭はがらんと静かで、番人の姿もなかった。道を走る車もほとんどなかった。前日の活気に満ちた喧騒とは天と地ほどもちがっていた。

父さんが昼寝をしているあいだ、ぼくはこっそり裏口から家を出た。アルマンと話がしたかった。やつなら父親を通じてきっとなにか情報をつかんでいるにちがいない。ぼくは門扉を叩き、使用人にアルマンを呼んでほしいと頼んだ。やつが出てきて説明した——父さんは家のなかで細葉巻《シガリロ》をふかしながらそわそわ歩きまわってる。紅茶にいつもより余計に砂糖を入れてるよ。アルマンの家でも電話が鳴りやまないらしい。やつはぼくに帰れと言った。通りをうろつかないほうがいい。なにが起こるかわからないから。物騒な噂も流れてるみたいだし。

夜になる少し前、父さんとアナとぼくが居間のソファーに座っていると、だれかが父さんに電話をかけてきて、ラジオをつけろと言った。部屋は夕闇につつまれていた。アナはいらいらと爪を噛み、父さんはラジオのダイヤルをまわした。そしてようやく周波数が合った瞬間、国営ラジオ・テレビ放送のアナウンサーの声がした――じきに投票結果が発表されます。ざあざあいう古いテープの雑音につづいてファンファーレが鳴り、「ブルンジ・ブワク、ブルンジ・ブヒレ……」ではじまるブルンジ国歌の盛大なコーラスが流れた。コーラスが終わると、内務大臣が演説し、フロデブ党の勝利を宣言した。父さんは表情を変えることなく、ただタバコに火をつけた。

界隈からは叫び声もクラクションも、爆竹の音も聞こえなかった。遠く上のほう、丘陵地帯から喧騒が聞こえた気がした。けれど、空耳だったのかもしれない。子どもを政治の世界から引き離そうとするそのかたくなな方針にしたがって、父さんは電話をかけるため自室に引きこもった。ドア越しに、ぼくには意味のとれない会話が切れ切れに聞こえてきた。「これは民主主義の勝利じゃない、民族対立のあらわれだ……。アフリカではなにが起こるか、そっちはぼくよりくわしいはずだ。憲法に重みはない……。軍はウプロナ支持だ……。そうした国々では、軍の息がかかった候補者じゃなきゃ、選挙に勝てない……。そんな楽観的な見方には同調できないな……。彼らは早晩、こうして反旗をひるがえしたことの報いを受けるだろうよ……」

夕食は早めにすませた。ぼくが玉ねぎ入りのオムレツをつくり、アナが輪切りのパイナップルと〈クラリス姉妹〉のイチゴヨーグルトをテーブルに並べた。寝る前に父さんの部屋にあるテレビでニュースを観た。映像がぶれ、画面に白い筋が入っていたので、ぼくはテレビの上に置いてあるアンテナを揺り動かした。ブルンジ国旗をバックにして座るピエール・ブヨヤ大統領が映し出された。軍人でもある大統領は落ち着いた声で話しはじめた。「わたしは国民の審判を粛々と受け入れます。国民のみなさんも今回の選挙結果を受け入れなければなりません」すぐにイノサンのことが頭に浮かんだ。そのあと、新しい大統領に決まったメルシオル・ンダダイエが画面にあらわれた。彼は静かに語りかけた。「これはブルンジ国民すべての勝利です」その言葉を聞いて、プロテのことが頭に浮かんだ。ニュースの最後に軍の参謀長がスピーチした。「軍は複数政党制にもとづく民主主義を尊重します」それを聞いて、さっきの電話の父さんの会話が頭に浮かんだ。

歯磨きしていると、アナの悲鳴が聞こえてきた。ぼくがあわてて子ども部屋に駆けこむと、アナがぼくのベッドの上に立ち、カーテンにしがみついていた。部屋の中央のタイル張りの床をオオムカデが這っていた。父さんがやってきて、虫を踏みつぶした。気味の悪いやつめ！　ベッドにつくとき、ぼくは父さんに、新しい大統領に変わるのはよいことなのかとたずねた。すると父さんは言った――ようすを見るしかないな。

ロールへ

大統領選挙が終わったよ。ラジオによると、投票率は九十七・三パーセントだった。つまり、子ども、病院にいる具合の悪い人、ろう屋に入れられている人、精神科病院にいる気のふれた人、警察から追われている悪者、ベッドで寝ていたなまけ者、投票用紙を持つことができない体の不自由な人、ぼくの父さんや母さんやドナシアンのように、この国でくらし、この国で働くことはできても、意見を言うことはできない人――意見は自分のもともとの国で言うべきらしい――をのぞいた全員が投票したってことになる。新しい大統領は東方の三賢人のひとりと同じ、メルシオルっていうんだ。この人のこと、大好きだって人がいる。うちの料理人のプロテがそのひとり。プロテは、これは民しゅうの勝利だって言ってるよ。だけど、この大統領をきらってる人もいる。たとえば、うちの運転手のイノサンだ。でも、だいじょうぶ、彼は文句ばっかり言っている負けずぎらいのひとりにすぎないもの。

新しい大統領は、しっかりとしたまじめそうな人に見える。背中がぴんとのびていて、机にひじをついたり、人の話をさえぎったりしない。無地のネクタイをしめていて、ぱりっとアイロンのかかったシャツを着て、礼ぎ正しい言葉づかいをする。清潔できちんとした人だ。それって大事なことだよ！　だって、これからぼくらは国じゅうでこの人の写真をかざらなきゃならないんだから。この人がいるってことを忘れないように。だらしない感じの人や、写真のなかでやぶにらみしてるような人だったら、ぼくらはきっと困っただろうな。なにしろ写真は、役所、空港、大使館、保険の会社、警察、ホテル、病院、酒場、産院、兵舎、レストラン、美容院、こ児院にかかげられるんだもの。

それにしても、前の大統領の写真はどこにいったんだろう。捨てたんだろうか？　たぶん、前の大統領がこの先もどると決めたときにそなえて、写真を保管する場所があるんだろう。

軍人じゃない人が大統領になるのははじめてなんだ。これまでの大統領たちよりは、頭痛にみまわれる数が減るんじゃないかな。軍人の大統領は、いつも頭が痛かったはずだもの。戦争がいいって考える脳みそと、平和がいいって考える脳みそがいつも戦ってて、どっちにしようか決めかねてるみたいだったから。

ギャビー

14

ワニは庭の奥の草むらに横たえられていた。ロープと竹竿を使い、十人がかりで軽トラックから降ろして運んできたものだ。知らせはすぐに袋道を駆けめぐり、ワニの死骸のまわりに人だかりができた。黒い瞳孔が縦にすっと切れ目のように入っているワニの黄色い目はまだ開いていて、それがまるで周囲ににらみを利かせているように見えたものだから、ぼくらは落ち着かない気分になった。頭のてっぺんにあるバラのつぼみのような傷跡が、死の衝撃に襲われた箇所をしめしていた。ジャックがザイールからわざわざ出向いてきて、ワニをライフルの一撃で仕留めたのだ。一週間前、カナダの女性観光客がバカンス村の湖畔のビーチを歩いていたら、ワニの餌食になった。この種の事件が発生するたびに、地元の当局がハンター部隊を送りこみ、仕返しにワニを一頭殺すことになっていた。父さんとぼくは、ハンター部隊の遠征に同行するのを特別に許された。ジャックはもう何年も、大型の野生動物を狩ることに情熱を燃やす何人かの白人とチームを組んで、この種の作戦を遂行していた。ぼくらは〈水上クラブ〉で弾薬と照準器つきのライフルを積んだ船に乗りこんだ。動力船はタンガニーカ湖の岸に沿って進み、ルシジ川の河口部、泥に濁ったこの川がターコイズブルーの湖に流れこむ地点にまで行き着いた。それから三角洲《デルタ》をゆっくりさかのぼった。ハンターたちは引き金に指をかけたまま、あちこちにいるカバの群れに目を光らせた。はぐれ者の雄に襲いかかられるのを警戒して。船のエンジン音がハタオリドリの一群の甲高い鳴き声にかき消された。ハタオリドリの巣がアカシアの木の枝からふわりとぶらさがっている。男たちはウィンチェスターライフルを手に、陽射しに目をすがめながら、双眼鏡で周囲をうかがった。ジャックがライフルのファインダー越しに、砂洲に寝そべっているワニを見つけた。口を大きく開けて、昼下がりのひなたぼっこを楽しんでいる。ナイルハチドリが一羽、せっせとワニの歯を掃除していた。ジャックが引き金を引いた瞬間、川岸に生えている葦のあいだからコシジロガモの一群がぱっと飛び立った。銃声は木が割れたような乾いた音だった。くつろいでいるさなかに襲われたワニはほとんど反応できず、ただ顎がゆっくりと閉じられた。ナイルハチドリは少しのあいだ、この友人のまわりをまるでその死を惜しむかのように飛び跳ねていたけれど、じきにべつのワニの歯の手入れをするため彼方へ飛んでいった。

野次馬たちが去ると、ワニを仰向けにして、ジャックが手際よく身を捌《さば》いた。切り分けた肉はビニール袋に入れ、プロテがガレージにある大きな冷凍庫に収めた。そうこうしているうちに、早くも陽が落ちてきた。けれど、用意のほうはさっぱりだった。庭師とドナシアンが庭にテーブルと椅子を並べた。イノサンはバーベキューに使う炭を運んできた。ジノはイチジクの木にぶらさがっているランタンに火を灯した。父さんはオーディオセットにつなぐ延長コードを繰り出した。アナはそれぞれのテーブルの下に蚊取り線香を置く役目をおおせつかった。特別な夜だった。それもそのはず、これからぼくの十一歳の誕生日を祝うのだ！

スピーカーから音楽が流れ出すと、またもや近所から人が集まってきた。タダ酒をあてこんで、酔っ払いたちもその夜だけは袋道の行きつけの酒場からぼくの家の庭に流れてきた。庭はたちまち騒がしい話し声と、サブウーファーから流れるずしんと鈍い低音に支配された。月明かりのもと急ごしらえでしつらえたこのもぐりの酒場のまんなかで、ぼくはあふれんばかりの喜びに満たされた。絶えず行き交う人たちに囲まれて、陽気なお祭り騒ぎと笑いの渦につつまれて。

それは長い学年末休みのはじまりで、幸先のよいことにロールから手紙がとどいていた。〈ハイ、ギャビー！　いとこや弟といっしょに海に来てるんだけど、もう最高。手紙をありがとう。ギャビーの書くこと、おもしろいね。バカンスのあいだ、わたしのこと、忘れないで。じゃあ、また！　キスを送るね、ロール〉

絵葉書の裏にはフランス・ヴァンデ県の名所の数々が小さな写真になって収められていた。ノワールムティエの城、サン＝ジャン＝ド＝モンの連なるモダンな集合住宅、ノートル＝ダム＝ド＝モンの砂浜、サン＝ティレール＝ド＝リエの海に浮かぶ飛び岩の列。ぼくはその葉書を何度も読んだ。そしてそのたびに、ロールにとってぼくはかけがえのない人なんだという特別な思いにとらわれた。だってロールはぼくに、わたしのこと、忘れないで、って頼んできたじゃないか。ぼくがロールを想わない日は一日もなかった。つぎの手紙で、ロールがぼくにとってどれくらい大事かわかってもらおう。これまで生きてきてはじめて、だれかに自分の気持ちを素直に言いあらわせる気がする、このまま一生きみに手紙を書きたい、いつかきみに会いにフランスにだって行ってみたいと、そう書き記そう。

学年末休暇のはじまりを飾るもうひとつのよいことは、両親が数か月の冷戦を経てもう一度話し合いの場をもったことだ。父さんと母さんは、ぼくが中学一年生に進級したことをふたり揃って祝ってくれた。そしてぼくのことを、〝わたしたちの誇り〟と言った。わたしたち。これは夫婦であることを、ふたりが仲直りしたことを意味する言葉じゃないか。きっとなにもかもがうまくいく！　ぼくはうれしくなった。

ぼくの誕生日を祝うため、パシフィックがルワンダから電話をかけてきた。和平協定がふたたび守られるようになったよ。ルワンダの暮らしは順調だ。みんなに会いたくてたまらない。今夜の盛大なパーティーに参加したかった……。ルワンダに着いてすぐにある女の子に夢中になり、その子と婚約したばかりだということも教えてくれた。早く家族に紹介したいよ。名前はジャンヌ。大湖地方で一番の美人だ……。将来の計画も打ち明けてくれた。戦争が終わったら、歌手になろうって思ってる。歌手になって、未来の妻の美しさを讃える愛の歌をつくるのさ……。

ぼくは、まわりのものごとがうまくまわり出し、人生が本来あるべき場所に少しずつ収まりつつあるのを感じていた。そしてその夜、ぼくが大切に想い、ぼくを大切に想ってくれる人びとに囲まれている幸せを嚙みしめた。

ジャックがわが家の庭の大きなテラスに座り、ワニ狩りのようすをみんなに語って聞かせている。聴衆は話にすっかり夢中だ。ジャックは肩をぐるりとまわして筋肉を誇示し、胸をそらせ、出身地であるベルギー・ワロン地方特有の〝R〟の音をことさら強調した。映画俳優のような身のこなしで、ホルダーから拳銃を抜くみたいにポケットから銀のジッポーをとり出すと、タバコに火をつけ、唇のはしに無造作にくわえた。そのしぐさはエコノモポロス夫人に特別な効果をもたらしたらしく、その証拠に夫人は、ジャックの男臭い魅力とシニカルな雰囲気にすっかり心を奪われたようだった。夫人はジャックに褒め言葉を並べ立て、それを聞いたジャックはすっかり気をよくした。ジャックが冗談を飛ばし、夫人が舞いあがった女学生のような笑い声をあげる。ふたりは、なぜ自分たちはもっと早くに出会わなかったんだろうと驚いたようすで何時間も昔話に花を咲かせた。ブジュンブラがまだ〝ウスンブラ〟と呼ばれていたころの話を。グランドホテル、〈パギダス〉で開かれていたダンスパーティー、ジャズのオーケストラ、映画館〈キット・カット〉、市中を走っていたキャデラックやシボレーといった華やかなアメリカ車。さらには、蘭に捧げるふたりの情熱、遠いヨーロッパの美味なるワイン、フランスのテレビ司会者フィリップ・ド・デュールヴーが遠征隊とともにインガダム近くで消息を絶った謎の事件、ニーラゴンゴ山の噴火と壮大な溶岩流、この地方の穏やかな気候、湖や川の美しさ……。

プロテは集まった人びとのあいだを縫い、ビールとワニのステーキを勧めてまわった。イノサンはプロテに差し出された皿を、さもいやそうに顔をゆがませて押しやった。

「こんなもの、食えるか！　ワニだの、カエルだのを食うのは、白人とザイール人だけだ。由緒正しいブルンジ人が、アフリカの奥地の動物なんか口にするわけねえだろ！　おれたちは文明人なんだから、ほかのやつらとはちがうんだ！」ドナシアンが喜びに顔を輝かせ、口いっぱいにワニの脂身をほおばりながらイノサンに応じた。「ブルンジ人は味覚音痴なだけだ。いっぽう白人は、もったいないことばかりしている。たとえばフランス人は、カエルの食べ方も知らない。脚だけ食べて、それで満足なんだから！」

音響セットの前ではアルマンがアナにスークース（コンゴのアフリカン・ルンバをもとにした踊りと音楽）のステップの踏み方を教えていた。アナはすぐにコツをつかみ、はいていた鮮やかな色の巻きスカートを腰の動きだけで揺らすことに成功した。それを見て酔っ払いたちが拍手した。ダンスフロアーの中央では、虫が群がるランタンの下で双子の両親が踊っていた。伝説のグラン・カレ・オーケストラの時代、ふたりが出会った当時を思わせる官能的なチークダンスだ。この夫婦は妻のほうが夫より大柄で強く、踊りをリードしているのも彼女で、夫のほうは目をつむり、夢を見ている子犬のようにむにゃむにゃと唇を動かしていた。汗でシャツが背中に張りつき、腋の下に汗の染みが広がっている。

父さんは陽気で上機嫌だった。めずらしいことにネクタイを締め、ほんの少しオーデコロンをつけ、髪をオールバックにしている。おかげで緑色の瞳の魅力が際立っていた。母さんはモスリン地の花柄のドレスをまとい、輝くように美しかった。母さんがそばを通ると、男たちの瞳に欲望の光が浮かんだ。父さんが母さんを見つめているのをぼくは何度も目にした。父さんはダンスフロアーのはしに腰かけ、アルマンの父親とビジネスだか政治だかの話をしていた。アルマンの父親はサウジアラビアから帰ってきたばかりで、断酒を強いられた長い一か月の穴埋めをしているかのような飲みっぷりだった。ふたりのとなりには、いかにも宗教心に凝り固まった人らしい身なりをしたアルマンの母親が控えていて、ときどきつっと眉を吊りあげて軽く頭を揺らした。それがロンドン市場におけるブルンジ産コーヒー豆の相場の安定について話す夫の言葉にうなずいてのものなのか、その日何度目かになる祈りを唱えてのものなのか、ぼくにはまるでわからなかった。

ぼくがジノと双子のそばで軽トラックのボンネットに寝そべっていると、フランシスがつかつかと庭に入ってきた。あいつが、まさか！　ぼくらは目を疑った。庭に姿を見せるとすぐに、母さんがやつにファンタを手渡し、大きなイチジクの木の下にあるプラスチックの椅子を勧めた。ジノはいきり立った。

「ギャビー、見たか？　あのまぬけ野郎を追っぱらわなきゃ！　おまえの誕生日に、あいつなんかお呼びじゃない」

「それは無理だよ。父さんが言ってたもの。このパーティーにはご近所さんならだれでも参加できるって」

「フランシスはべつだろ、くそったれ！　あいつはぼくらの一番の敵じゃないか！」

「もしかしたら仲良くなるチャンスかも」双子が言った。

「おまえら、おめでたいにもほどがあるよ」ジノは言い返した。「あんなワラジムシ野郎とだれが仲良くするかって！　あの面をぼこぼこにしてやる。それくらいされて当然だ！」

「でもいまのところ、だれにも悪さをしてないよ」ぼくは言った。「とりあえずファンタを飲ませてやろうよ。そのあいだ、やつのようすを見張ることにしよう」

それからぼくらはフランシスから片ときも目を離さなかった。向こうはこっちに気づかないふりをした。けれど、パーティー会場にくまなく視線を走らせ、こまかく観察し、あれこれ分析しているのは明らかだった。左脚をそわそわ揺すりながら、パーティー客たちを横目でにらんでいる。やがてフランシスは立ちあがって飲みものをお代わりしに行き、母さんと短い立ち話をした。母さんはこっちを向き、自分はあの子の母親だと言っているのだろう、ぼくのことを指さした。それからやつは人びとの輪のあいだを歩きまわり、あちこちでいろんな人とさりげなく会話を交わした。あのジノの父親とさえも。

「びっくりだな。あいつ、おれの父さんとも話してるぞ！　話すことなんてあるのか？

いいか、ギャビー、あいつはきっと、おれたちのことを探りまわってるにちがいない。おれたちの友だちってことにしてるんだろうな！」

フランシスが会食者のあいだでうまく立ちまわっているのを、ぼくらは離れた場所からながめていた。ほどなくしてイノサンがやつにビールを差し出した。そして数分後、ふたりは古くからの友人同士のように背中を叩き合った。

すでに真夜中を過ぎていた。アルコールと夜がまじり合い、独特の効果を醸し出していた。兵役の代わりに国の任務につくため派遣された若いフランス人のグループが、上半身裸で馬跳びゲームに興じている。そのようすを見て酒場の常連客たちが大いに盛りあがっていた。ガールフレンドのブラジャーをまさぐっている若者もいた。ガールフレンドのほうは、ミッションスクール〈ステラ・マチュティナ〉で修身の授業を一緒に受けている女の子と話しこんでいた。額に広がる母斑のせいで〝ゴルバチョフ〟とあだなされている年老いた白ひげのブルンジ人男性が、オウムの檻の前で片脚立ちし、ロンサール（ルネサンス期のフランスの詩人）の詩を朗唱している。飼い馴らされた雌猿を相手に遊んでいる子どもたちもいた。猿を飼っているのは、袋道に住むベルギー北部フランドル出身の女のような男の人で、みんなに〝フィフィ〟と呼ばれていた。彼は巻きスカートにするカラフルな布でつくったシャツか、アフリカのブーブーしか着なかった。台所の勝手口の階段には空になったビールケースが山積みになっていて、プロテとドナシアンが空き瓶を返しに雑貨屋まで何度も往復した。

親の目のとどかない庭の暗がりで仲間とつるむにはちょうどいいころ合いだった。ぼくらは草むらに座ってタバコを何本かまわし吸いし、イチジクの木に吊るされたカンテラの下に設けられたダンスフロアーを盗み見した。アルマンが羊歯《しだ》の植木鉢にこっそり隠しておいたプリムスビールを二本もってきた。

「くそっ、なにか踏んづけたぞ」

「気をつけろよ。ワニの死骸だ」ぼくはアルマンに注意した。

歌と歌の合間に音楽がやむと、なにかをくちゃくちゃ嚙んでのみこむ音がした。エコノモポロス夫人のダックスフントたちがワニの残骸を食べているのだ。暗闇で犬たちがご馳走を平らげているそばで、仲間がぼくの十一歳を祝って乾杯した。

「ダックスたちは袋道のほかのワンコロに自慢するだろうな、おれらはワニの肉を食ったんだぜ！　って」

ジノの冗談に笑いが弾けた。けれど、アルマンだけはだれかが近づいてきたことに気がついて、表情をこわばらせた。ぼくはとっさに手でタバコの煙を払った。

「だれだ？」ぼくは訊いた。

「おれだ、フランシスだ」

「ここはおまえの来る場所じゃないぞ」ジノがさっと立ちあがって言った。「失せろ！」

「この地区のパーティーだろ。おれもこの地区の住人だ！　おれが参加してなぜ悪い？」

「ちがう、これはおれの友だちの誕生パーティーだ。おまえは呼ばれてない。だから、さっさと失せろ！」

「話してるのはだれだ？　顔が見えねえな。コダックの息子か？　ふけ髪頭のベルギー野郎の。おまえ、なんて名だっけ？」

「ジノだ！　おれの両親について話すときは言葉に気をつけろ！」

「両親？　おれはおまえの父ちゃんのことしか言ってねえぞ。そもそも、おまえの母ちゃんはどこにいる？　ほかのやつらの父ちゃんと母ちゃんは見たことあるが、おまえの母ちゃんだけはとんと見かけねえな……」

「おれたちのこと、探りにきたのか？」アルマンが割りこんだ。「いろいろ嗅ぎまわっているみたいだな、コロンボ刑事」

「おまえはお呼びじゃないんだよ」ジノはあきらめなかった。「失せろ！」

「いや、ここにいさせてもらうぜ！」

ジノは頭をかがめ、フランシスの腹に頭突きを食らわせた。暗がりのなか、ふたりの足が捌《さば》かれたワニの上でもつれた。犬がけたたましく吠え出した。ぼくが急いで大人たちを呼びに行っているあいだ、アルマンはタバコとビールを隠した。懐中電灯をもってジャックと父さんがやってきて、ワニのはらわたまみれになっているふたりをなんとか引き離した。ぼくらは大人たちに、フランシスがけんかをふっかけに来たんだと訴えた。父さんはフランシスの首根っこをつかむと、敷地の外に押し出した。フランシスは憤慨し、門扉に小石をいくつも投げつけた。憶えてろよ、いまに目にもの見せてやっからな！　ぼくらはやつに向かって中指を突き立てると、ズボンを下ろして尻をさらした。兵役の代替任務についているフランスの若者たちが、やんやの喝采を浴びせる。みんなで大笑いしていると、ジャックが騒ぎ出した。

「くそっ、おれのジッポーはどこ行った？　ジッポーはどこだ？」

みんなすぐにぴんときた。

「フランシスだ！　あのくず野郎を捕まえろ！」ジノが叫んだ。

父さんはイノサンにフランシスを捜しに行かせたけれど、イノサンはひとりでもどってきた。

このちょっとしたハプニングのあと、パーティーはいよいよ佳境に入った。けれど最高潮に達したちょうどそのとき、停電に見舞われた。百人ほどのパーティー客がぴたりと踊りの足を止め、いっせいに「ウーウー」と不満の声をあげた。汗まみれの人びとが、手を叩き、足を踏み鳴らし、「ギャビー！　ギャビー！」とぼくの名を叫びながら音楽の再開を要求した。だれもがみんな盛大なパーティーに飢えていて、ときならぬ停電ぐらいでお楽しみをあきらめる気など毛頭なかった。だれかが言った――それなら、生演奏っていう手があるぞ。すぐさまドナシアンとイノサンが近所を駆けずりまわって太鼓を借りてきた。双子は家から父親のギターを運んできた。フランス人のひとりはルノー〈カトレール〉のトランクからトランペットを出してきた。雨を予感させる心地よいそよ風が吹き出した。遠く湖畔のほうから鈍い轟音が聞こえてくる。雷鳴が近づいているのだ。何人かが――とくに齢《とし》のいった人たちが空模様を案じ、にわか雨にそなえてテーブルと椅子を片づけたらどうか、と呼びかけた。どうしようかとみんなで相談していると、ドナシアンがあっさりこの問題にケリをつけた。ギターを手にして、ブラッカ（一九四〇年代に流行した、東アフリカの多様な音楽の影響を受けたアーバンミュージック）を一曲、即興で弾きはじめたのだ。稲妻の筋が走る夜空の下で、パーティー客たちがおずおずと身体を揺らし出す。メロディーに合わせて酔っ払いたちがビールの空き瓶をフォークとスプーンで叩きはじめると、コオロギたちがぴたりと鳴きやんだ。トランペットがギターに加わったので口笛が鳴り、歓声が沸き起こる。パーティー客たちはふたたび狂ったように踊り出した。停電前よりもっとずっと激しく。おびえた犬たちが尻尾を脚のあいだにはさみこみ、テーブルの下に引きこもったつぎの瞬間、空が爆発した――音と光が炸裂し、突風が吹きつけ、パチパチとなにかがはぜる音がした。けれど、それらをものともせずに太鼓がステージに登場し、音楽のリズムが加速した。この熱狂の音楽の誘いにあらがえる者はいなかった。音楽は守護霊のようにぼくらの身体にとりついた。トランペットが息切れしながらも太鼓のリズムに懸命についていく。ぴんと張った太鼓の革をプロテとイノサンが叩きつづける。顔がゆがみ、流れ落ちる汗で額が光っている。人びとは手を叩いて強拍を刻み、足を踏み鳴らして裏拍をとった。もうもうと土埃が巻きあがる。音楽のテンポがぼくらの脈動に負けないくらい速くなる。ビートに合わせて心臓が乱打する。風が強まり、庭の木の梢《こずえ》が揺れ、枝葉がざわざわという音が響く。大気が電気を帯び、空中に濡れた土のにおいが立ちこめた。暖かい雨がいましもぼくらに襲いかかろうとしていた。雨のあまりの激しさに、ぼくらはあわててテーブルや椅子や皿を片づけることになるだろう。テラスに駆けこみ、パーティーがどしゃぶりの雨の轟音に溶けていくのをながめることになるだろう。ぼくの誕生パーティーは、じきにお開きになる。ぼくは雨の前のこのひとときを、音楽がぼくらの心を結び、ぼくらのあいだにある空白を埋め、人生を、いまこの瞬間を、永遠につづくぼくの十一歳を、ここで、ぼくの子ども時代の聖堂のようなイチジクの木の下で祝っているつかの間の幸せを味わった。あのころ、ぼくは心の奥底で信じていた。人生は結局、うまい具合に収まるものだと。

15

学校のない長い休暇を過ごすくらいなら、仕事にあぶれているほうがまだましだ。ぼくらは二か月の学年末休暇のあいだ地区にとどまり、ぱっとしない一日の暇つぶしになりそうなことを探しながら、むなしく時をやりすごしていた。たまに楽しいこともあったけれど、正直、死んだオオトカゲのように退屈だった。乾季だったから、川もちょろりとしたひと筋の頼りない流れにすぎず、川遊びをして涼むこともできない。マンゴーは暑さのせいでしなびて売りものにはならず、〈水上クラブ〉は午後に欠かさず通うには遠すぎた。

だから学校がはじまったときは、ほんとうにうれしかった。父さんはいまでは毎朝、年上の生徒のための門の前で降ろしてくれるようになった。ぼくは中学に上がり、仲間とおなじクラスでの新しい生活がはじまった。週のうち何日かは午後も授業があり、自然科学、英語、化学、造形芸術といった新しい科目も習うことになった。ヨーロッパやアメリカで休暇を過ごしてきた級友たちは、流行最先端の服や靴を身に着けて登校した。はじめ、ぼくは注意を払わなかった。けれど、ジノとアルマンは目を輝かせ、ファッションの話ばかりした。流行の服をうらやむ気持ちは、なにがなんでも手に入れたいという強い欲望に変わり、その思いがいつのまにかぼくにも伝染した。喉から手が出るほど欲しいのは、もうビー玉なんかじゃない。有名ブランドの服だ。けれど、そうしたものを買うにはお金が要る。それもかなりの額の。この地区の木になっているマンゴーをぜんぶ売りさばいたとしても、あのコンマの尻尾がヒュッとのびたようなマークの入ったスニーカーは、とうてい手に入らない。

向こうから、つまりヨーロッパやアメリカからもどってきた級友たちはぼくらに、あっちでは店が数キロにわたって並んでて、バスケットシューズ、Tシャツ、スポーツウエア、ジーンズなんかであふれてるんだぜ、と教えてくれた。なのに、ここブジャにはなんにもない。あるのは、市《まち》の中心部にある〈バタ〉という店の空っぽのショーウィンドーと、穴の空いたリーボック・ポンプやなぜかスペルミスのある有名ブランド品を並べたジャベ市場の陳列台だけだ。それまで存在すら知らなかったブランドものをもつことができなくて、ぼくらは無念でならなかった。そしてそんな思いが、ぼくらの心を変えた。そうしたものをもっているやつらを、ひそかに憎むようになったのだ。

ぼくの心に芽生えたブランド品への憧れと、ぼくが一部の金持ちのクラスメートを悪しざまに言うようになったことに気づいたドナシアンは、妬《ねた》みそねみは大罪だよ、とぼくを戒めた。けれど、ドナシアンの説教はぼくの頭上を素通りした。そんなものに耳を傾けるより、今度ばかりはイノサンと話したほうがずっといい。イノサンはやり手で、ぼくが夢見るさまざまなものを格安の値段で探してきてくれた。学校ではいまやこれまでとちがうものさしにもとづいてグループが形成されていた。もてる者はもてる者同士、もたざる者はもたざる者同士といった具合に。

けれど、アルマンだけは例外だった。やつは流行の服も高級ブランドの香水ももってはいなかったけれど、笑いをとることができた。だからそのおかげで、それぞれの集団を分け隔てている見えない壁を乗り越え、流行最先端のグループにも受け入れられた。ジノはアルマンが学校の中庭にある飲みもののコーナーのそばで、あらたに親しくなった連中と話しているのを見るたび悪態をついた。

ある日の夕方、ジノとふたりでやつの家の庭のプルメリアの木の下で夜警《ザム》の莚《むしろ》に寝そべっておしゃべりしていたときのことだ。熟していない青いマンゴーのスライスを粗塩につけながら、やつはぼくにこぼした。

「アルマンは裏切り者だ。学校ではほとんどおれたちと口を利かないくせに、袋道に帰ってきたとたん、仲間面するんだもんな」

「アルマンは自分の強みを利用してるんだ。当然のことだよ。中学に上がってすぐから、いろんなパーティーにも呼ばれてるし。双子の話だと、あいつ、女の子とキスしたらしい。それも唇に！」

「ほんとかよ！　舌も入れたのか？」

「それはわからない。でもとにかく、ぼくらが袋道でくすぶってるあいだ、アルマンはずいぶん楽しんでる。やつのお供ができるんだったら、ぼくは喜んでついてくよ」

「ギャビーもおれたちのグループにいて恥ずかしいのか？」

「そんなことないよ、ジノ。きみたちはぼくの一生の友だちだもの！　でも学校じゃ、ぼくらは存在感ゼロだ。女の子たちには見向きもされない。だから、わかるだろ……」

「いつかクラスメートもおれたちに注目する。いいか、おれたちはみんなに恐れられる存在になるのさ、ギャビー」

「なんで恐れられる存在になりたがるんだ？」

「尊敬されるためさ。わかるだろ？　母さんがいつも言ってるんだ。尊敬される人になりなさいって」

ジノの口から〝母さん〟という言葉が飛び出したので、ぼくは驚いた。これまで母親の話題をかたくなに避けていたからだ。やつの部屋のナイトテーブルには赤、白、青の縁取りがついたエアメール用の封筒が置いてあり、それを使ってやつは毎週、母親に手紙を書き送っていた。けれど、ルワンダに行ったことは一度もなかった。車で数時間しかかからないのに。そして母親のほうも、ブジュンブラには来なかった。ジノは政情が不安定だから、しばらく行き来ができないんだと説明し、平和がもどったら両親と一緒にキガリにある大きな家で暮らすんだと言った。ジノの話を聞いて、ぼくは悲しくなった。ジノがぼくのもとを去ろうとしている。仲間のもとを、この袋道を去ろうとしている。母さん、お祖母ちゃん、パシフィック、ひいお祖母ちゃんとおなじで、ジノもルワンダに帰ることを夢見ていた。だからみんなを落胆させないように、ぼくもおなじ夢を抱いているふりをした。けれど、ぼくは人知れず祈っていた。なにひとつ変わらないように。母さんが家にもどってくるように。人生がもと通りになるように。もとにもどって、そのままでありつづけるように、ずっと。

そんなことをつらつら考えていると、鈍くとどろく音がした。ジノの父親が、恐怖に駆られた羊のようなあわてぶりで家のなかから飛び出してきた。そしてぼくらに叫んだ。すぐに壁から離れなさい！　壁から離れて、わたしと一緒に庭のまんなかに来なさい！ぼくらは噴き出しそうになりながら立ちあがった。あの怖がり方ときたら、まるで幽霊でも目にしたみたいじゃないか。ぼくらは事情がわからないまま、ジノの父親のあとをついて庭の中央に移動した。数分後、ガレージの壁いっぱいに太い大きな亀裂が走っているのを見て、合点がいった。大地がぼくらの足もとで動いたのだ。気づかないほどかすかに。この国では、世界のこの一角では、毎日のように大地が揺れ動いている。ぼくらは巨大な地溝帯の上、アフリカ大陸が裂けているまさにその場所で暮らしていた。

この地の人びとは、この大地に似ている。一見穏やかだけれど、ほほえみと威勢のいい前向きな言葉で飾られたうわべの陰では、仄《ほの》暗い地下の力が間断なく働き、暴力と破壊の企てを温めている。そしてそれらの企ては、凶事をもたらす風となって繰り返し吹き荒れる。一九六五年、一九七二年、一九八八年。おぞましい亡霊が何年かごとに姿をあらわして、平和は戦争と戦争のあいだの小休止にすぎないことを人びとに思い出させるのだ。あの毒を秘めた溶岩が、あのどろりとした血の波が、ふたたび地表にまで上り出ようとしていた。ぼくらはまだ、それを知らない。けれど、熾火《おきび》はすでに熱く燃えていて、夜がハイエナとリカオンの群れを解き放とうとしていた。

16

うとうとと浅い眠りについていると、だれかの手が頭に触れたのを感じた。ぼくは思った——どうせまた、くるりとカールしたぼくの髪をネズミが齧ってるんだろう。というのも、父さんがネズミ捕りの罠を仕掛ける前、そんなことがあったから。けれど、ささやき声も聞こえてきた。「ギャビー、寝てる?」アナの声で目が覚めて、まぶたを開けた。寝室が闇に沈んでいる。左手でカーテンをめくると、窓の網戸を通じて室内に射した月の光のひと筋が、アナのおびえた顔を照らし出した。「ギャビー、あれ、なんの音?」質問の意味がわからなかった。夜は静けさにつつまれていた。聞こえるのは、子ども部屋の天井裏に居座っているフクロウのホーホーという鳴き声だけ。ぼくは上体を起こし、じっと耳を澄ました。すると今度は、つづけざまに何度か乾いた音がした。

「銃声みたいだな……」アナがベッドにするりと入ってきて、ぼくの身体に身を寄せた。爆発音と軽機関銃を連射したような音がして、そのあと不安をかき立てる静寂があたりを支配した。家のなかにはぼくとアナしかいなかった。父さんはこのところ外泊するようになっていた。イノサンが言うには、下町のブウィザ地区にある彼の家の裏の通りに住む若い女性の家に通っているらしい。ぼくは悲しかった。父さんと母さんがふたたび口を利くようになって以来、ふたりが仲直りするんじゃないかと期待していたから。

ぼくは腕時計のボタンを押して文字盤を光らせた。夜の二時。爆発音が起こるたびに、アナはさらに力をこめてぼくにしがみついてきた。

「なんの騒ぎかな、ギャビー？」

「わからないよ……」

銃声は六時ごろやんだ。父さんはまだもどってこない。ぼくらは起きて着替えをすると、通学かばんにその日の持ちものを詰めた。プロテもいなかった。ぼくはアナと一緒にテラスに朝食用のテーブルを出した。それから紅茶を淹れた。オウムは檻のなかをせわしなく飛びまわっている。敷地内にだれかいないか探しに行った。けれど、人影ひとつ見あたらない。夜警《ザム》でさえ姿が消えていた。朝食を食べ終えるとテーブルを片づけ、アナが髪を結うのに手を貸した。依然として家にはぼくらふたりしかいない。ぼくは門扉を見やった。使用人たちがやってくる時間だ。けれど、一向に門の扉が開く気配はない。ぼくらは玄関の階段に座り、イノサンか父さんが来るのを待った。アナは通学かばんから算数のノートをとり出して、掛け算を唱えはじめた。家の前の袋道もがらんとしていて、人っ子ひとり、車一台通らない。いったいなにがあったんだ？　みんなどこにいる？　近所からクラシック音楽が聞こえてきた。その日は木曜日だったのに、界隈は日曜日の朝のようにひっそり静まり返っていた。

ようやく一台の車が近づいてきた。クラクションの音でパジェロだとわかり、ぼくは門を開けるため飛び出した。父さんは張りつめた顔をしていて、目の下にくまができていた。車を降りるとすぐに、ぼくらにだいじょうぶだったかたずねた。ぼくはうなずいたけれど、アナは拗《す》ねてそっぽを向いた。ひと晩じゅうほうっておかれたことに腹を立てていたのだ。父さんは足早に居間まで行き、ラジオをつけた。近所で流れていたのとおなじクラシック音楽が聞こえてきた。父さんは額に手をあてて何度も言った――くそっ！　くそっ！　くそっ！

あとになってぼくは、ラジオでクラシック音楽が流れるのはクーデターがあったときの慣例だということを知った。一九六六年十一月二十八日のミシェル・ミコンベロによるクーデターのときは、シューベルトの〈ピアノソナタ第二十一番〉。一九七六年十一月九日のジャン＝バティスト・バガザによるクーデターのときは、ベートーベンの〈交響曲第七番〉。一九八七年九月三日のピエール・ブヨヤによるクーデターのときは、シヨパンの〈ボレロハ長調〉。

その日、一九九三年十月二十一日、ぼくらはワーグナーの〈神々の黄昏〉を聴く機会に恵まれた。父さんはがっしりとした太い鎖といくつもの南京錠を使って門扉を厳重に閉めた。そしてぼくらに、家から出るな、窓から離れてろ、と命じた。さらに、流れ弾が飛んでくる危険にそなえて、ぼくらのマットレスを廊下に運びこんだ。ぼくとアナは一日じゅう床に横になって過ごした。それは家のなかでキャンプをしているような、愉快ともいえる経験だった。

いつものように父さんは自分の部屋に閉じこもり、ほうぼうに電話をかけた。午後三時ごろ、ぼくがアナとトランプで遊び、父さんが部屋で電話をかけていると、台所で小さなノックの音がした。こっそり見に行くと、ジノが窓の鉄格子の向こうに息を切らして立っていた。ぼくは小声で言った。

「ドアは開けられないんだ。父さんが厳重に戸締りしたから。どうやってうちの敷地に入ってきた？」

「囲い柵を乗り越えてきたのさ。どっちにせよ、ここに長くはいられない。おい、知ってるか？」

「ああ。クーデターがあったんだろ。ラジオでクラシック音楽が流れてる」

「軍人たちが新しい大統領を殺したんだ」

「えっ？　まさか……嘘だろ？」

「いや、ほんとうさ！　父さんのところにカナダ人の新聞記者から電話があって、そう教えてくれた。軍のしわざだって。国民議会の議長と、政府の実力者も何人か殺されたらしい……。奥地のあちこちで虐殺もはじまってるって。それにもうひとつ、特大ニュースがあるんだけど、知ってるか？」

「ううん。ほかにもなにかあるのか？」

「アッティラが逃げ出したんだ！」

「アッティラって、あの、ヴァン・ゴッツェンさんの馬の？」

「ああ！　すごいだろ？　夜、大統領官邸の裏手にある〈乗馬クラブ〉の厩舎近くに砲弾が落ちたんだ。厩舎のひと棟が焼け、馬たちはパニックになった。アッティラも興奮して後ろ脚立ちになり、狂ったようにいないないた。そして馬房の扉を何度も蹴りつけ、差し錠を木っぱみじんにすると、柵を跳び越え、市《まち》なかに逃げたってよ……。今朝のヴァン・ゴッツェン夫人の顔ったら、なかったぜ……。ネグリジェ姿でうちに来たんだ。頭にカーラー巻いて、泣き腫らした目をして。あれは見ものだったな！　父さんに、なんとか伝手《つて》を頼って馬を捜してほしいって訴えたんだ。で、父さんのほうは、こう繰り返すばかりだった。『いいですか、マダム、クーデターがあったのですよ。わたしにはなにもできません。大統領でも自分の命を守るのに、なにもできなかったんですから』だけど、ヴァン・ゴッツェン夫人はしつこかった。『なんとしてでもアッティラを見つけ出さなければ！　国連にでも、ホワイトハウスにでも、クレムリンにでも、とにかく連絡をとってちょうだい！』あの人にとっては、大統領が殺されたことなんかどうでもよかった。あの差別主義者の婆さんの頭にあるのは、自分のしょうもない馬のことばっかりなんだ。あんな白人入植者たちにはもううんざりだよ！　やつらにとっては、自分たちが飼っている動物の命のほうが人間の命より大事なのさ。じゃあ、もう行かなきゃ、ギャビー。次回をどうぞお楽しみに」

ジノは走り去った。いまの状況にひどく興奮したようすで、たいへんな事態になったことを喜んでいるふうにすら見えた。けれど、ぼくのほうは呆然としていた。まるで実感がなかった。大統領が殺されたなんて……。ンダダイエ大統領が選挙に勝利した日に父さんが電話で言っていた言葉が思い出された——彼らは早晩、こうして反旗をひるがえしたことの報いを受けるだろうよ……。

その日の夜、ぼくとアナは早めに床についた。父さんはふだんよりたくさんタバコを吹かしていた。父さんも廊下に自分のマットレスを運んできた。そして小さなラジオを聴きながらアナの髪を撫でた。アナはぐっすり眠っていた。ぼくらを照らすのは一本のろうそくだけで、その火影《ほかげ》が周囲のものの輪郭をぼんやり闇に浮かびあがらせていた。

夜の九時ごろ、流れていたクラシック音楽がやみ、アナウンサーがフランス語で話しはじめた。一文読みあげるごとに、咳払いが聞こえてきた。状況の深刻さとは裏腹に、地方で開かれたバレーボール大会の試合結果を伝えるみたいな淡々とした声だった。

「国家公安評議会は以下の決定を下しました。その一、十八時から翌朝六時まで国土全体に夜間外出禁止令が適用される。その二、国境を閉鎖する。その三、市町村間の移動を禁ずる。その四、四人以上で集まってはならない。その五、国民は冷静に落ち着いて行動しなければならない……」ぼくはリストの最後まで行き着かないうちに眠ってしまった。そして、噴火した火山の硫黄の蒸気がつくり出す小さな綿雲につつまれながら、安らかに眠っている夢を見た。

17

それからぼくらは何日も廊下で寝起きして、一日じゅう家にいた。フランス大使館の憲兵から父さんに電話があり、外出はいっさい控えるよう指示された。市《まち》の高台にある女友だちの家に身を寄せていた母さんは、毎日電話してきてぼくらのようすを訊いた。ラジオは地方で大規模な殺戮があったことを伝えていた。

翌週、学校が再開された。ブジュンブラ市内は奇妙なほど静かだった。営業を再開した店もちらほらあったけれど、役人たちはまだ仕事にもどらず、大臣たちは外国の大使館か近隣の国に避難していた。大統領官邸の前を通ったとき、破壊された塀を見かけた。市内で目にすることのできた唯一の戦闘の跡だった。休み時間の校庭はクーデターの夜の話題でもちきりだった。銃撃、砲弾の音、大統領の死、廊下に運び置いたマットレス……。怖がっている人はいなかった。ぼくらにとって――市《まち》の中心部や高級住宅街に住む恵まれた子どもにとって、戦争はまだただの言葉にすぎなかった。いろんな話は耳にしていたけれど、なにも目にしてはいなかった。人生は以前と変わらずつづいていた。パーティー、恋、ブランド品、ファッションに彩られた人生は。そのいっぽうで、ぼくらの家の使用人、ぼくらの両親が雇っている従業員、下町やブジュンブラ郊外や地方に住み、どんな大使館からもなんの安全上の指示も受けることができず、家を守ってくれる門番も夜警《ザム》も、子どもを学校に送りとどけてくれる運転手もおらず、徒歩や自転車やバスで移動している人たちにはことの重大さがわかっていた。

学校からもどってくると、プロテが台所のテーブルでエンドウ豆のさやをむいていた。プロテがンダダイエに投票したのも、選挙で勝利したとき喜びを爆発させたのも知っていたので、ぼくは彼の顔をまともに見ることができなかった。

「やあ、プロテ。調子はどう？」

「ガブリエル坊ちゃん、申しわけありません、話す気力もなくて。連中が希望を打ち砕いてしまいました。連中が希望を打ち砕いてしまったんです。いま言えるのはこれだけです。ほんとに連中は、希望を打ち砕いてしまった……」

ぼくが台所を立ち去るときもまだ、プロテはおなじ言葉をつぶやいていた。

昼食のあと、ドナシアンとイノサンがぼくを学校まで送ってくれた。道すがら、ムハ橋で軍の装甲車とすれちがったとき、ドナシアンがうんざりしたように言った。

「あの軍人たちを見るがいい。連中は負け犬だ。まずはクーデターを起こして大統領を殺し、いまは民衆の怒りを買い、奥地では殺戮の嵐が吹いている。彼らは時代に逆行したあげく、この期におよんで政府にもどってこいと言う。自分たちでつけた火の後始末をさせる気なのだ。哀れなるアフリカよ……。どうかわたしたちに神のご加護がありますように」

イノサンは道路の前方を見据えたまま、無言で車を運転していた。

クーデターのあと、日中の時間があっという間に過ぎるようになった。夜間の外出が禁じられ、夕方六時には自宅にいなければならなくなったからだ。夜、ぼくらはラジオを聴きながらスープの夕食をとった。流れてくるのは不穏なニュースばかりだった。ぼくは人びとの沈黙や言い落としや、あるいは人びとが口にするほのめかしや未来への見通しについて、あれこれ自問するようになった。この国はささやきと謎でできていた。見えない断絶とため息と、ぼくには意味のつかめないまなざしに満ちていた。

日々は流れ、農村部では戦火が猛威をふるっていた。村は蹂躙され、焼き討ちに遭い、学校は手榴弾で攻撃され、生徒たちが焼き殺された。何十万という人がルワンダ、ザイール、タンザニアへ逃れた。ブジュンブラの住人たちは市周辺部で起きている戦闘について噂した。夜、遠くから銃声が聞こえてきた。プロテとドナシアンは、ふたりが住んでいる地区で軍が掃討作戦を繰り返していたせいで頻繁に仕事を休むようになった。

静かな家のなかにいると、すべてが現実とは思えなかった。袋道はいつものようにまどろんでいた。午睡《シェスタ》の時間には木の枝から鳥のさえずりが聞こえ、そよ風が木の葉を揺らし、古いイチジクの大木が心地よい日影をつくっていた。なにもかも以前とおなじだった。ぼくと仲間は、ぼくらのゲーム、ぼくらの探検を続けた。雨の季節がもどっていた。植物がその強烈な色彩をとりもどしていた。木々は熟した果実の重みにたわみ、川はふたたび水嵩《みずかさ》を増していた。

ある日の午後、ぼくら五人が竿をもち、マンゴーを探して裸足で近所をうろついていると、ジノがもっと遠くまで行こうと言い出した。袋道のマンゴーは、すっかりいただいちまったじゃないか。ぼくらはフランシスの家の柵の前まで来た。ぼくはいやな予感に襲われた。

「ここはよそう。やっかいなことになりそうだから」

「いつものびりがはじまったな、ギャビー！」ジノは言った。「この木のマンゴーはおれたちのものだ」

アルマンと双子はためらいがちに視線を交わし合った。けれど、ジノはあきらめなかった。ぼくらは砂利の小道に忍び足を繰り出し、そろそろと進んだ。門扉がないので、家の敷地内に入るのはかんたんだった。小さな丘の上に建つフランシスの家は気味が悪く、壁の漆喰は剝げ落ち、あちこちで染みをつけている湿気がテラスの軒の石膏板を反らしていた。マンゴーの木は庭いっぱいに枝を広げていた。ぼくらは木に近寄った。窓の鉄柵の向こうにある薄汚い網戸のせいで、家のなかは見えない。扉はすべて閉まっていて、あたりは静かすぎるほどだ。マンゴーの木の根もとまで行くと、ジノがさっそく果実を落としにかかった。まずは一個目、次いで二個目、そして三個目。竿が大犀鳥《オオサイチョウ》の群れのように木の葉を揺らす。ぼくは警戒してあたりを見た。

埃まみれの網戸の背後でさっと影が動いたのを感じた。「おい、ちょっと待てよ」みんなははっと身をこわばらせ、家のほうをうかがった。周囲は静まり返っていて、耳にとどくのは庭の奥を流れるムハ川のせせらぎだけだ。やがてジノがマンゴーとりを再開した。アルマンは、いいぞ、その調子、とジノを励まし、マンゴーの実が草むらに落ちるたびにスークースを踊った。双子とぼくは見張りをしていた。背後でいきなり騒がしい羽音を立てて鳥が飛び去ったので、ぼくらは音のしたほうを振り返った。その直後、まずアルマンと双子が道路に向かってものすごい勢いで駆け出した。つぎにジノが走り出し、ぼくは機械的にそのあとを追いかけた。フランシスの家をぐるりと迂回し、ムハ川へ通じる坂道を転がるように駆けおりた。獲物として追われる恐怖を感じた。けれど、ほんとうに追われているのか、追っ手がフランシスなのかどうかわからない。だから、振り返って確かめようとした。そしてその直後、フランシスのこぶしがぼくの顔面を直撃した。地面の砂利に倒れこむのと同時にのしかかられた。スズメバチの群れに襲撃されているようなパンチの連打を浴びた。ジノは大声をあげてぼくを守ろうとした。けれど、数センチ離れた地面にやつも倒れこむのが見えた。フランシスは左右の手でぼくらの身体をそれぞれつかむと、川べりまで引きずっていった。そして、ぼくらの頭をムハ川の茶色い泥水のなかに突っこんだ。息ができないうえ、顔が川底の小石にこすれた。押さえつけている手から逃れようと懸命にもがいた。けれど、フランシスの手は万力のようにぼくの首をがっちりつかんで離さない。フランシスに顔を引きあげられると、やつの言葉がきれぎれに聞こえてきた。「他人《ひと》さまの庭のものを盗むのはよくねえだろ。おまえらの親は、そういうことも教えなかったのか、ええ、どうなんだ?」それからもう一度、頭を水に沈められた。骨がこわばってしまうほどの荒々しい力だった。すべてがぼやけて見えた。両手を必死にばたつかせた。なんでもいい、なにかしがみつくものを求めて。枝、ブイ、希望……。爪で川の底をかいた。水底に隠されている出口や秘密の揚げ戸を探すみたいに。耳と鼻の穴に水が入ってきた。やつの声が水のなかまでかすかに響いてくる。ぼくを水中に押しこんでいる力にくらべたら、聞こえてくる声の響きはもっとずっと穏やかだ。「甘やかされたクソガキどもめ。おれがおまえらに礼儀作法ってもんを教えてやる」フランシスはぼくを水責めにするだけでなく、叩きのめそうともしていた。その証拠に、ぼくの額を川底に何度も何度も打ちつけた。一刻も早く息を吸いたい――頭のなかにはその思いしかない。空気はどこだ？　肺がもだえ苦しんで縮みあがっている。心臓が恐慌をきたして痙攣し、口から飛び出さんばかりになっている。くぐもったぼくの叫びのこだまが遠くから聞こえてくる。父さん、母さん！　助けに来て！　フランシスは本気だ。本気でぼくを殺そうとしているのだ。ということは、これが暴力なのだろうか？　こんな剝き出しの恐怖と驚きが。フランシスがぼくの頭を川から引きあげた瞬間、やつがこう言うのが聞こえた。「おまえらの母親は、白人相手の売女だ！」そしてふたたび溺れさせられた。ぼくは戦いに敗れた。疲弊した筋肉からゆっくり力が抜けていき、ぼくはこの水深十センチの状況を受け入れた。フランシスの声を子守歌に、それとはわからないほど少しずつ、ずるずると脱力していった。ぼくは恐怖と服従に、そしてフランシスは暴虐と力に身をゆだねた。

けれど、ジノは溺れることを拒んだ。力のかぎりをつくして水と言葉を拒んだ。その目はもっと遠くを見つめていた。十一月になってもマンゴーの実をとるんだ、バナナの木の長い葉で舟をつくって川を下るんだ。そんな大きな夢を抱いていた。身体が痙攣することも、突然降りかかってきた暴力に支配されることもなかった。ジノは暴力に立ち向かった。相手のなすがままの状態なのに、それでも対等に渡り合おうとした。応じ、言い返し、反論した。一瞬、ジノの首の静脈がゴムチューブのように膨らんでいるのが見えた。「母さんを侮辱すんな！　母さんを侮辱すんな！」ぼくはうなじを押さえつけている力が緩んだのを感じた。フランシスはジノの増大するいっぽうの力を封じこめようと必死だった。それには両手両腕と、背中を押さえこむ両膝が必要だった。フランシスがぼくを放したので、肺にわずかな空気が入ってきた。ぼくはまず四つん這いになり、それから仰向けに倒れた。激しく咳きこんだ。青い空に光が満ちていた。太陽に目がくらみ、まぶたを閉じた。地面に横倒しになっているバナナの木まで這いすすみ、頭を載せた。片耳は水が詰まってよく聞こえない。

「母さんを侮辱すんな！　おまえにそんなこと言う資格はない！」ジノは何度も繰り返した。

「いや、あるさ。おまえの母親は淫売だ！」

フランシスはジノの頭をふたたび川の茶色い水に突っこんだ。ぼくが身をゆだねてしまおうとしたあの水のなかに。日中でいちばん暑い午睡《シエスタ》の時間帯だった。通りは無人で、橋を渡る車も皆無だった。バナナの樹皮はスポンジみたいで、ぼくはそこにくらくらする頭をすり寄せた。そして水を吐き、そのあと恐怖にまみれた言葉を吐き出した。フランシスは何度も何度もジノの頭を水中に沈めている。洗濯女が世間話をしながら汚れものを水に浸けるように。フランシスがなにか言い終えるごとに、ジノの頭が川のあぶくのなかに消えた。「じゃあ、どこにいるんだ、おまえの淫売の母親は？　ここいらで一度も姿を見かけたことねえな……」ジノはほんの数口息を吸うのを許されると、すぐに頭を水中に押しこまれた。丸い頭が、魚のかかった釣り針についた浮きみたいに見える。ジノが水中で叫ぶので、頭のまわりに水の渦ができた。「いったいどこにいるんだ、おまえの淫売の母親は？」フランシスがその台詞を繰り返すたびに、ジノはますますもがき、ぼくはますます必死にジノを放せと絶叫し、フランシスはますます躍起になってジノの頭を水中に沈めた。やがてジノがぐったりした。ジノも戦いから降りたのだ。

ぼくがようやく正常な判断力をとりもどし、フランシスを制止しようと立ちあがったとき、ジノがつぶやくように口にしたひと言が耳に飛びこんできた——死んだんだ。そのひと言だけが、はっきり聞こえた。ジノはもう一度言った、嗚咽まじりに。母さんは、死んだんだ。

少し先にある橋の上では老人がひとり、欄干に寄りかかって立っていた。黒い帽子をかぶり、虹色の傘をさしている。傘の金属の先端がクリスマスツリーの星のようにきらめいていた。老人はみんな、川遊びをする子どもをながめるのが好きだ。自分たちはもう、あんなふうには遊べないとわかっているからだろう。フランシスが手で追い払うようなしぐさをしたけれど、その人は無視した。そしていっときぼくらをそのまま見つめると、ふたたび歩きはじめた。小さな歩幅で、黒い帽子をかぶり、派手な色の傘をさして。フランシスが近づいてきたので、ぼくはあとずさった。けれど、やつはぼくには目もくれずに行ってしまった。ぼくはジノのそばまで行った。ジノは川岸で泣いていた。頭を膝のあいだにはさみ、濡れた服に顔をうずめてしゃくりあげていた。周囲のものすべてが一段と静けさを増したように思われた。川はぼくらの目の前を流れていた。残酷なほど無関心に、ぼくらの前を素通りしていた。ぼくはジノを慰めたくて、肩に手を置いた。けれど、ジノはその手を押しやり、いきなり立ちあがると、道路に向かって駆け出した。

ぼくは川べりで静かに座っていた。詰まっていた耳はもとにもどった。少しずつ周囲の往来の音が聞こえてきた。中国製の自転車のベルの音。踏み固められた歩道の土に擦れるサンダルの音。熱せられたアスファルトを走るマイクロバスのタイヤの音。すべてがふたたび息を吹き返した。橋の上で人影が動いた。ぼくのなかで冷たい怒りがせりあがってきた。口のなかでは血が流れ、両手と両膝が擦りむけていた。ぼくはムハ川の水で傷口をすすいだ。

　怒りがぼくに、恐怖にあらがえと命じていた。恐怖が膨らみつづけるのを阻むために。ぼくにあまりに多くのことをあきらめさせた、あの恐怖にあらがえと。ぼくはフランシスに立ち向かおうと決めた。だからやつの庭へ、ぼくらの竿をとりにもどった。やつは戸口のところに立っていて、近づいてくるぼくを脅した。それでも、ぼくは前に進んだ。舌に血の味を感じた。血は塩辛かった。ぼくは足を止めると、やつの目をまっすぐ見据えた。長いあいだ、そうしていた。向こうは横柄な笑みを浮かべたまま、じっと動かなかった。戸口の階段に立ったままだった。頭を川に沈められているあいだ、ぼくはやつに恐怖を覚えていた。けれど、いまはちがう。口のなかで血の味がしているけれど、そんなもの、どうってことはない。ジノの涙にくらべたら、どうってことはない。血なんか、のみこんでしまえばおしまいだ。味もすぐに忘れてしまう。けれど、ジノの涙はちがう。怒りが恐怖にとって代わっていた。なにが起ころうが、もう怖くない。ぼくは竿を手にとり、マンゴーはその場に残した。果実はそのままほったらかされることになる。きっとそうなる。けれど、かまうものか。ぼくのなかでどんどん膨らんでいくこの怒りのせいで、マンゴーの実がひんやりとした草むらで朽ちはてようがどうなろうが、ぼくにはもう、どうでもよかった。

18

あの日以来、ジノはぼくを避けるようになった。アルマンと双子はあそこで、川べりで、なにがあったか知らなかった。ぼくは、ジノもぼくもやつらとおなじように無事に逃げおおせたと思わせていた。ジノの涙が脳裏に焼きついて離れない。やつの母さんが死んだというのはほんとうなのか？　けれど本人に、そんな質問はとてもじゃないけれどできなかった。いまはまだ。不確かな日々の暮らしがつづいていた。めぐりゆく週は、雨季の空に似て暗かった。ぼくらのもとには毎日、噂、暴力、安全上の指示がどっさりもたらされた。大統領はあいかわらず不在で、政府の一部のメンバーは地下に潜っていた。それでも酒場では人びとがビールを飲み、山羊の串焼きを食べていた。明日の不安にあらがうように。

首都ブジュンブラでは〈死の市《まち》作戦〉というあらたな取り組みが実施されていた。まず市内でビラが配られる。特定の日に、あるいは特定の数日間、外出しないよう住民に指示するためのビラだ。作戦当日になると、治安部隊の協力のもと、若者の集団が通りに繰り出して市内各地区を走る幹線道路を封鎖した。そして自宅からのこのこ出てきた車や人を襲い、投石した。市内は恐怖につつまれた。店は閉まったままで、学校も休みになり、行商人の姿が消え、住民は家に閉じこもった。あらゆる活動をストップさせるそうした作戦が遂行された日の翌日、人びとは側溝に転がる死体を数え、道路に落ちている石を拾い集めてからようやく日々の暮らしをとりもどした。

父さんは途方に暮れていた。わが子を政治の話からあれほど遠ざけようとしてきたのに、今度という今度は、国が直面する状況からぼくらの目をそらすのはむずかしすぎた。表情をこわばらせ、自分の子どもたちと商売のことを案じた。大規模な虐殺がつづいていたので、奥地の建設現場では作業が中断されていた。死者の数は五万人ともいわれ、父さんは雇い入れている労働者の大半を解雇せざるをえなかった。

ある日の午前中、ぼくが学校に行っているあいだに家でひと騒動あった。父さんの前でプロテとイノサンが激しくやり合ったのだ。原因はわからないけれど、イノサンがプロテに手を上げた。父さんはイノサンをクビにした。イノサンは詫びの言葉を口にするどころか、逆にみんなを脅したらしい。

つねに緊張を強いられているせいで、人びとは神経をとがらせていた。わずかな物音にも敏感になり、道ではしじゅう注意を払い、車に乗れば尾《つ》けられていないかバックミラーをうかがった。ひとり残らず警戒態勢に入っていた。ある日、地理の授業中、学校の塀の向こう側を走る独立大通りでタイヤがパンクする音がした。すると、教師も含めたクラス全員が、とっさに机の下に這いつくばった。

学校のブルンジ人生徒のあいだの関係にも変化が生まれた。かすかな変化だったけれど、ぼくはちゃんと気がついた。意味ありげなほのめかしや、無言のメッセージが数多く飛び交った。スポーツのチーム分けや発表の準備のために班決めをするときは、互いの気詰まりがすぐにあらわになった。この突然の変化を、はっきり目につくとまどいを、ぼくはうまく説明することができなかった。

あの日のあの休み時間までは。あの日、ブルンジ人の少年ふたりが校庭の一角にある大きな屋根つきスペースの陰、教師と生徒監督の目のつかないところで殴り合いのけんかをはじめた。ほかのブルンジ人生徒もけんかを前にいきり立ち、すぐに集団が二分された。そしてそれぞれいっぽうの生徒に肩入れした。「卑怯なフツめ！」片方が言うと、他方が応じた。「卑怯なツチめ！」

その日の午後、ぼくは人生ではじめて、この国の根深い現実に身を置いた。そこでフツ族とツチ族の対立を目にした。二つの陣営のあいだには越えることのできない境界線が引かれていて、だれもがそのどちらかに属することが求められた。自分が属さなければならない陣営は、子どもの名前とおなじで生まれたときにはすでにもう決まっていて、それは一生変わらない。フツか、ツチか、そのどちらかでしかありえない。表か、裏か、そのどちらかしかない。突然目の前の霧が晴れたように、ぼくはあのときから理解しはじめた。それまでずっとわからなかった、人びとのしぐさやまなざしや、言い落としやほのめかしの意味を。

戦争はおせっかいにも、ぼくらになんとしてでも敵を見出させようとする。ぼくはどちらの側にも立ちたくなかった。けれど、そんなことは無理だった。対立の歴史を背負って生まれてきたから。その歴史が、ぼくの身体のなかを流れていたから。その歴史に、ぼくは属していたから。

19

ぼくらはルワンダでさらに過酷な現実を目のあたりにすることになった。二月の休暇の最後にパシフィックの結婚式に出席するため、母さんとアナと一緒にルワンダに行ったときのことだ。パシフィックから結婚式の連絡があったのはそれより一週間前のことだった。首都キガリの治安が悪化するいっぽうだったので、急いでことを進める必要があった。一族を代表して、母さんとぼくとアナが式に出ることになった。お祖母ちゃんとひいお祖母ちゃんはブジュンブラに残らざるをえなかった。難民の身分では旅行も許されなかったからだ。

ルワンダのグレゴワール・カイバンダ空港のロビーで、母さんの叔母さんのウセビーがぼくらを出迎えてくれた。叔母さんは祖国を離れることを頑固に拒み、これまでずっとこの国で暮らしてきた。姉さんがいなかった母さんは、自分よりほんの少しだけ年長のこの叔母を、ほんとうの姉のように慕っていた。叔母さんの肌の色はぼくとおなじくらい薄くて明るく、顔は面長で、一族の女性の特徴をとどめていた。秀でた広い額、小さな耳、優美ならなじ。すきまの空いた前歯は少しだけ前に突き出ていて、鼻とまぶたにそばかすが散っている。足首までとどく黒いプリーツスカートをはき、幅広の肩パットの入ったジャケットを着ていたので、案山子《かかし》みたいに見えた。アナは以前、一週間ほど叔母さんの家で過ごしたから面識があったけれど、ぼくは初対面だった。ウセビー叔母さんは感激してぼくをぎゅっと抱きしめた。叔母さんの肌はすべすべで、シアバターの香りがした。

夫を亡くした叔母さんはキガリの中心部にある一軒家に住んでいて、女手ひとつで四人の子どもを育てていた。五歳から十六歳までの、女の子三人と男の子ひとり。名前はクリステル、クリスティアンヌ、クリスチャン、クリスティーヌ。

叔母さんの三人の娘はアナのもとに駆け寄り、その瞬間から四六時中アナのあとをついてまわることになった。そしてアナを大切なお客さま、何日間かあれこれ世話を焼かなければならないお人形さんとして扱った。だれがアナにつき添うかで口論し、自分たちにとってはエキゾチックなアナのまっすぐな髪を、だれが結うかで争った。子ども部屋の壁には一年ほど前のクリスマス休暇にアナと撮った写真が貼られていた。

唯一の男の子、クリスチャンはぼくと同い年で、笑っているような瞳でいつも楽しげにぼくを見た。双子にひげをとらないくらいのおしゃべりで、びっくりするほど知りたがりで、ぼくを質問攻めにした。ブルンジのこと、友だちのこと、好きなスポーツのこと。学校のサッカーチームのキャプテンを務めているのが誇りで、中学大会で優勝したときのカップやメダルを見せてあげると何度も言った。そうしたカップはもちろん、居間の戸棚に大切に飾ってあった。近々チュニジアで開催されるサッカーのアフリカネイションズカップをとても楽しみにしていて、ぼくにこう教えてくれた――お気に入りはカメルーン代表チームなんだけど、出場を逃しちゃったから、ナイジェリアを応援することにしたんだよ。

夕食のあいだ、ウセビー叔母さんはぼくらにおもしろい話をつぎつぎに披露し、母さんは大笑いしっぱなしだった。叔母さんは十代のころブルンジの田舎に住むガールスカウトの家に母さんと一緒にホームステイしたときのことをユーモアたっぷりに語った。そんなふうにして、一族を襲った不幸や試練の数々を、波乱万丈の冒険と笑いを誘うエピソードが詰まったシリーズものとして仕立て直した。叔母さんの子どもたちも協力を惜しまなかった。拍手をして叔母さんを励まし、ときには代わりに話を締めくくり、叔母さんがフランス語の単語を思い出すのを手伝った。夕食がすむと、叔母さんはぼくらに、そろそろ寝支度をしなさいと言った。子どもたちははしゃぎながらすぐに言われたとおりにした。女の子たちは浴室の大きな鏡の前で、歯ブラシをマイクに見立てながら歌って踊った。クリスチャンはロジェ・ミラ（カメルーン出身のサッカー選手）のユニフォームをパジャマ代わりにしていた。ベッドに入る前にはサッカー選手のポスターがびっしり貼ってある部屋の壁にボールをバウンドさせ、華麗な足技を披露すると言った——今夜はワールドカップに出場して優勝する夢が見られそうだよ。

ウセビー叔母さんが灯りを消すと、クリスチャンはものの二分で寝入ってしまった。少ししてぼくも眠りかけたとき、パシフィックの声が聞こえてきた。すぐに飛び起きて居間へ駆けこんだ。ぼくは戦闘服姿のパシフィックを想像していたのだけれど、着ていたのはありふれたポロシャツにジーンズ、そして白いテニスシューズだった。パシフィックはぼくを抱えあげ、ぼくの頭が自分より高くなるようにして言った。「ほら、ギャビー、きみはもう一人前の男だ！　じきに叔父さんの背を抜かしてしまうぞ！」あいかわらず天使のようにきれいな顔をして、屈託のない夢見る詩人のような雰囲気を醸し出してはいたけれど、まなざしは以前とはちがって鋭かった。ウセビー叔母さんは大きな鍵束を手にして家じゅうを厳重に戸締りした。そして台所からもどってくると、居間の灯りを消した。一瞬ののち、暗闇のなかにライターの炎があらわれ、低いテーブルに置いたろうそくに火が灯った。パシフィックは母さんに向き合って肘掛け椅子に座った。

母さんはぼくに言った。部屋に行ってもう寝なさい。大人同士の話があるから。ぼくはしぶしぶ居間を出た。けれど、ベッドにはもどらず廊下に残り、居間のドアの背後、こっちからは室内のようすが見えるけれど向こうからは死角になっている場所に身を潜めた。ウセビー叔母さんがようやく椅子に腰を落ち着けると、パシフィックは母さんに言った。

「姉さん、こんなに早く来てくれてありがとう。突然こんなことになってすまなかったよ。でも、結婚式を先のばしにできなかったんだ。ジャンヌの家族はとても信心深い。それに伝統をひどく重んじていて、なにごともきちんと手順を踏まないわけにはいかないんだ。だから、結婚してからじゃないとあっちの家族には言えなくて。赤ちゃんのことさ。わかるよね、姉さん？」パシフィックはウィンクしながら問いかけた。

母さんは、頭のなかで言葉の意味をちゃんと理解したかどうか確かめるように一瞬の間を置いた。それから歓声をあげてパシフィックに抱きついた。すでに赤ちゃんのことを知らされていたウセビー叔母さんは、輝くような笑みを浮かべた。けれど、パシフィックはすぐに母さんの抱擁を解き、深刻な口調で言った――座って、姉さん。話はこれで終わりじゃない。

パシフィックは表情を曇らせ、頭を振ってウセビー叔母さんに合図した。叔母さんはすばやく窓に近寄り、外にさっと視線を走らせるとブラインドを閉め、カーテンを引いた。そして部屋の中央にもどり、パシフィックのそば、壁に掛かっているロココ調のプラスチックの額の下に座った。額に収められているのは、夫や子どもたちと一緒に写っている美しい白黒のスタジオ写真だった。奇妙なことに一家のなかで笑っているのは叔母さんだけで、ほかの人たちはカメラのレンズを前に緊張の面持ちでしゃちほこばっていた。

　パシフィックは、座っていた肘掛け椅子ごと移動して、母さんと膝を突き合わせるかっこうになった。そして、かろうじて聞きとれるぐらいの小声で言った。

「イヴォンヌ姉さん、よく聞いてくれ。これからぼくが言うことを真剣に受け止めてほしい。この国の状況は見かけよりずっと深刻だ。ぼくらの組織の諜報部が物騒な会話をいくつか傍受しているし、危険な兆候も把握している。ここでなにか恐ろしいことが画策されている事実をしめすしるしだよ。フツ族の過激派がルワンダ《R》愛国《P》戦線《F》と権力を分け合うことを拒否しているみたいなんだ。和平協定をなにがなんでもご破算にするつもりらしい。連中は対立する派閥のリーダーたちと、おなじフツ族の穏健派の市民活動家をみな殺しにすることまで計画してる。そしてそのあと、ツチ族の始末にとりかかるつもりなんだ……」

　パシフィックはそこで一拍置いて周囲を見まわし、どんな些細なものであれ変わった物音がしないか耳をそばだててあたりをうかがった。外ではカエルが一定のリズムで鳴いていた。カーテンは閉じていたけれど、街灯のほのかなオレンジ色の光が居間まで射しこんでくる。パシフィックは話を再開した。あいかわらずささやくような声だった。

「ぼくらはこの国の全土で大規模な虐殺が起こるんじゃないかって心配してるんだ。過去に何度かあった殺戮が、単なるリハーサルだったと思えてしまうような殺戮が」

　ろうそくの火が壁にパシフィックの影を映し出している。暗がりのせいで表情はおぼろげだったけれど、その瞳は闇に宙づりになっているように見えた。

「地方にくまなく鉈《マチェーテ》が配布されたし、キガリには武器を保管する大規模な隠し倉庫がいくつか存在する。さらに、民兵たちが正規軍の支援のもと訓練を受けている。各地区に殺害すべき人物の名前を記したリストも配られた。国連のもとには、フツ族は二十分につき千人のツチ族を殺すだけの力をもつことを確認する情報すらとどいてるんだ……」

　車が通る音がしたので、パシフィックは口をつぐんだ。そして、車が遠ざかるのを待ってからふたたび小声で話しはじめた。

「ほかにもいろいろ心配な動きがある。ぼくらの家族や親族は、いわば一時的に刑の執行を免れているような状態だ。死がぼくらを包囲してるんだ。死はじきに襲いかかってくる。そのときにはもう、手遅れだ」

母さんは動揺したようすで、ほんとうなのと問いかける目でウセビー叔母さんを見たけれど、叔母さんは床の一点を悲しげに見つめていた。

「でも、アルーシャ協定はどうなるの？　暫定政府は？」母さんは強い不安を感じさせる口調で言った。「戦争は終わったって思ってたわ。情勢は落ち着いたのだと。虐殺がはじまるって言ったけど、キガリには国連の兵士がこんなにたくさん駐留してるのよ。どうしたら虐殺が起こるの？　そんなの、ありえない……」

「国連軍の兵士を何人か殺せばそれですむ。そうすれば、この国にいる白人たちは全員、国外に退去する。それも敵の戦略の一部さ。しがないアフリカ人の命を救うため大国が自国の兵士の命を危険にさらすわけがない。過激主義者はそれをちゃんと心得てるんだ」

「なぜすぐに海外のメディアに知らせないの？　各国の大使館に、国連に、なぜ知らせないの？」

「彼らはぜんぶ知ってるよ。おなじ情報を入手してるから。でも、ことの重大性をこれっぽっちもわかっちゃいない。あの人たちにはなんの期待もできないよ。頼りにできるのは自分たちだけだ。今夜こうしてここに会いに来たのは、姉さんの助けが必要だからだ。一族に残されたたったひとりの大人の男として、ぼくは早急に決断を下さなければならない。ウセビー叔母さんの子どもたちとぼくの未来の妻とおなかにいる赤ん坊をブジュンブラに避難させるから、姉さんのほうで世話してくれないか。安全が確保されるまで姉さんのところで暮らさせてほしいんだ。あそこなら安全だろうから」

「だけど、ブルンジも戦争状態だってこと、知ってるでしょ」母さんは言った。

「ルワンダではおそらく、戦争よりずっとひどいことになるだろう」

「こっちに来るのはいつ？」母さんはすぐに心を決めた。

「注意を引かないように、復活祭の休暇のときに行かせることにする」

「それで、あなたは？　あなたはどうするつもりなの、ウセビー？」

「ここに残るわ、イヴォンヌ。子どもたちのために働かなきゃならないから。子どもたちさえここを離れてくれればだいじょうぶ。それに、全員で逃げるわけにはいかない。わたしは平気、心配しないで。国連のスタッフに知り合いがいるから、なにかあってもすぐに避難できるはずよ」

　家の前でエンジンの音がした。ウセビー叔母さんが窓まで駆け寄り、カーテンをごくかすかに開けた。だれかがライトで合図を出している。叔母さんはパシフィックのほうを見て頭を振った。パシフィックが立ちあがった拍子に、ジーンズのベルトに挿したリボルバーが見えた。

「行かなくっちゃ。外で人が待ってるから。明日、結婚式で会おう。移動中、用心するんだよ。ギタラマまで一緒に行くわけにはいかない。ぼくは秘密警察にマークされてるから。姉さんたちがぼくの親族だってことを連中に知られたらたいへんだ。ルワンダ《R》愛《P》国戦線《F》の兵士の家族は、殺害対象リストの上のほうに掲載されるから。明日は現地で落ち合おう」

　そう言い残してパシフィックはそっと外へ出ていった。ぼくは隠れていたドアの陰から出て、ウセビー叔母さんがいる窓際まで行った。オートバイが一台遠ざかっていく。道に空いた穴の前でブレーキをかけたので、赤いテールライトが光るのが見えた。エンジン音が徐々に小さくなっていき、やがて聞こえなくなった。叔母さんはカーテンを閉じた。あらゆるものが静止し、世界のすべてが静寂につつまれていた。

20

朝の最初の光が夜の不安を追いやった。ぼくは庭から響いてきたアナと女の子たちの笑い声で目が覚めた。ウセビー叔母さんと母さんは一睡もしなかったにちがいない。明け方までふたりが小声で話すのが聞こえていた。ぼくらは朝食を終えるとすぐに車で出発した。クリスチャンとぼくは、トランクに積んだスーツケースに腰かけた。スーツケースには結婚式で着る服が詰めてあった。現地で着替えたほうがいい、というのがウセビー叔母さんの判断だった。警察の検問にそなえて、なるべく目立たないほうがいいと。女の子たちはステーションワゴンの後部座席に窮屈そうに収まっていた。助手席に座った母さんは、車のサンバイザーについている鏡で化粧をすませた。車はまず、雑踏とクラクションがかまびすしい下町を走った。そしてバスターミナルを過ぎると、あたりが少しずつがらんとしてきた。やがて市《まち》の景色が、パピルスの生い茂る広大な沼地の風景にとって代わった。ウセビー叔母さんは、キガリから五十キロ離れたギタラマに少しでも早く着こうとスピードを上げようとした。けれど、しばらくのあいだは前にトラックがつかえていた。トラックのマフラーから黒い煙が吐き出され、卵が腐ったようなにおいがした。女の子たちは鼻に手をあてて、車の窓をあわてて閉めた。

母さんがカーラジオをつけると、車内はたちまちパパ・ウェンバの心躍る歌のリズムに満たされた。音楽に合わせてすぐに女の子たちの身体がスイングしはじめた。クリスチャンは眉を上げながらいたずらっぽくぼくを見て、エチオピアのダンサーのように肩を揺すった。ウセビー叔母さんがすかさずラジオのボリュームを上げた。ぼくのいるトランクスペースから、音楽のリズムに合わせて右に左に揺れる女の子たちの頭が見えた。リフレインになると、彼女たちも一緒に歌った。「マリア・ヴァランシア、エ、エ、エ！」母さんは楽しそうに笑い、ぼくを振り返って、この子たち、おもしろいでしょ、とでもいうようにウィンクした。ラジオのDJはおどけて自分も歌い出した。キンヤルワンダ、つまりルワンダ語だったので、単語のいくつかしかわからなかった。「ラジオFM一〇六！　ラジオ・サンパ！　パパ・ウェンバ！」陽気な口調でDJはサビの部分を繰り返し、おしゃべりし、冗談を飛ばした。まさにラジオの道化師だった。ダンスが嫌いなぼくも、歌と踊りの輪に加わった。小刻みに身体を揺すり、めちゃくちゃなリズムで手を叩き、「エ、エ、エ」と声を張りあげた。けれど不意に、もうだれも身体を揺らしていないことに気がついた。みんなの表情が変わっている。クリスチャンも身をこわばらせていた。ウセビー叔母さんが唐突にラジオを消し、車のなかが静まり返った。表情は見えなくても、母さんのとまどいが伝わってきた。ぼくはクリスチャンにたずねた。

「どうしたんだ？」

「なんでもない。ばかばかしいことさ。ラジオのＤＪのせいだ……。あいつが言ったんだ……」

「なんて？」

「ゴキブリどもは死ななきゃならない、って」

「ゴキブリ？」

「ああ。こっちの言葉では〝イニェンジ〟っていうんだけど」

「……」

「やつらはぼくらツチ族を、〝ゴキブリ〟って呼んでるんだ」

突然車が徐行した。前方の橋の上で車が何台かとまっている。

「軍の検問よ」ウセビー叔母さんがおびえた口調で言った。

検問箇所まで車が進むと、兵士のひとりがウセビー叔母さんにエンジンを切るよう合図し、身分証を見せろと言った。カラシニコフを肩がけしたべつの兵士が、威圧的な態度で車を調べはじめた。車の周囲を少しずつ移動し、後部のトランクスペースまで来ると、窓ガラスに顔を寄せてなかをのぞいた。クリスチャンは目が合わないように顔をそむけ、ぼくも視線をそらした。そのあと兵士は、母さんが座っている助手席に近寄った。そして母さんの顔をしげしげと見つめると、母さんはフランスのパスポートを差し出した。兵士はちらりとパスポートを見やると、感じの悪い笑みを浮かべてフランス語で言った。

「これはこれは、フランス人のマダムさま」

そして、おもしろがる表情を受かべながらパスポートのページをぱらぱらとめくった。母さんはじっと黙っていた。兵士はつづけた。

「うむ……、どうひっくり返っても、マダムは生粋のフランス人には見えませんがね。こんな鼻をしたフランス人、いまだかつてお目にかかったことないですから。それに、この首……」

兵士は母さんの首に手を置いた。母さんは身じろぎひとつせずに恐怖に凍りついていた。ウセビー叔母さんはほかの兵士にあれこれ早口で説明した。慄《おのの》いているのがばれないように、必死に冷静を保とうとしながら。

「ギタラマに行く途中なんです。身内が病気になってしまって」

ぼくはバリケードに視線を向けた。その前に立つ兵士たちの肩の上で銃が揺れるたびに、革のベルトが軋む音がする。川の音も聞こえてきた。橋の下を流れる赤茶色の水がパピルスの生い茂る土手に堰き止められ、川面《かわも》にいっとき渦をつくっている。ぼくは兵士のほのめかしの意味や、ウセビー叔母さんのしぐさに滲む不安や、母さんの恐怖が手にとるようにわかることに不思議な気持ちがした。一か月前だったら、なにも気づかなかったはずだから。いっぽうにはフツ族の兵士たちがいて、もういっぽうにはツチ族の家族がいる。ぼくはこの憎しみの舞台を特等席に座ってながめていた。

「さあ、とっとと行け、ゴキブリどもめ！」唐突に兵士はそう言い放つと、身分証をウセビー叔母さんの顔に投げつけた。

もうひとりの兵士も母さんにパスポートを返すと、人差し指の先を母さんの鼻にぐいと押しあてた。

「雌蛇マダム、さようなら！　マダムはおフランス人だそうなので、われらが友人のミッテラン爺さまにどうぞよろしく！」兵士はふたたびにやりと口もとをゆがめて言った。

ウセビー叔母さんが車を出そうとした瞬間、兵士のひとりが車体を何度も蹴りつけた。

さらにべつの兵士が銃の床尾でリアウィンドーの一枚を叩き割ったので、ガラスの破片がクリスチャンとぼくに降りかかった。アナが甲高い悲鳴をあげ、ウセビー叔母さんはアクセルペダルを踏みこんだ。

新婦のジャンヌの家に着いたときもまだ、ぼくらは恐怖に震えていた。けれどウセビー叔母さんはみんなに、結婚式を台無しにしないようになにも言うなと口止めした。ジャンヌの家族はギタラマの町の高台にある、灯台草《とうだいぐさ》の生垣に囲まれた赤レンガの粗末な家に住んでいた。両親と兄弟姉妹がぼくらを待ちかまえていて、到着するとすぐに、秘密のサインのようなしぐさからなる長々としたあいさつの儀式で歓迎された。互いに背中や腕に触れ、定められた独特の身振り手振りで応じ合うのだ。ぼくとアナは見よう見まねで手足を動かしたけれど、どうふるまえばいいのかわからずにまごついた。それに、新婦の家族からキンヤルワンダで投げかけられる質問にも答えることができなかった。

そんなふうにして親族同士があいさつを交わしていると、花嫁衣裳を着たジャンヌがあらわれた。パシフィックとおなじくらい長身で、はっとするような美人だ。ジャンヌはもっていたピンクのハイビスカスのブーケをアナに手渡した。母さんはそっとジャンヌに近寄り、その顔を両手ではさむと、耳もとでいくつか祝福の言葉をささやいた。そして、あなたを家族として迎え入れることができてうれしい、と言った。

ぼくらは礼服に着替えると、歩いて役場に向かった。近道して、泥と荒壁土からできた小さな家々の合間を縫ってのびる狭い泥道を進んだ。ぼくとクリスチャンが先頭を行き、母さんとジャンヌは滑って転ばないように腕を組んだ。やがて、ブタレに通じるアスファルトの道路に出た。行く先々で人びとがぼくらを振り返り、自転車が立ち止まり、家のなかからぞろぞろ出てきた住民たちが好奇の目を向けた。そのまなざしはしつこく無遠慮で、文字通り射抜かれるような、その場で丸裸にされているような気がした。結婚式に向かうぼくら一行は、町じゅうの見世物だった。

式場に着くと、身体に合わない灰色のスーツを着こんだパシフィックが待っていた。前夜とちがい、いつもの無邪気な明るい表情にもどっている。式を執り行なうのは軍人ではなく民間人で、時間に追われ、しかも少し酔っぱらっているように見えた。その人は夫婦の権利と義務を定めた法律の条項を、平板な声で数分にわたりずらずら読みあげた。式場は閑散としていて、参列しているのは新郎新婦の身内だけだった。あくびをしたり、陽射しを浴びて風に揺れるひょろりと背の高いユーカリの木立をながめたりしている人はいても、ほほえんでいる人はいない。パシフィックとジャンヌだけは喜びをあらわにし、こんなに早く結婚できたことをおもしろがっているようにも見えた。ふたりは式のあいだじゅう見つめ合い、幸せな未来を信じてほほえみを交わし、ことあるごとに身体に触れ合った。そして、大統領の肖像写真の下で永遠の愛を誓った。和平協定の締結前、パシフィックが戦いを挑んでいたのとまさにおなじ大統領の写真の下で。

結婚式が終わると、ぼくらはジャンヌの家が建つ高台へと引き返した。空は灰色で、まだ昼日なかだというのにほとんど夜のようだった。突風が町の上空に赤い土煙の雲を巻きあげ、何軒かの貧しい家のトタン屋根を吹き飛ばした。ウセビー叔母さんはパシフィックに言った。夕方遅くならないうちにキガリに帰らなきゃ。そのほうが安心だもの。パシフィックは引き止めなかった。危険なのはわかっていたし、ぼくらが無事に結婚式に出られただけで満足だったのだ。

通り雨が空を洗い、雨がやむのと同時に、どこかに消えていた太陽がもどってきた。雨のせいで足止めさせられていたぼくらも、ようやく帰路につくことができるようになった。ジャンヌはひとりひとりにプレゼントを手渡してお礼を言った。ぼくには陶器のマウンテンゴリラをくれた。母さんはジャンヌの腕をつかんだまま何度も言った。早くブジュンブラにいらっしゃい。わたしたち、もっともっと仲良くなりましょう。そしてジャンヌの年老いた父親のポケットに、お札の入った小さな封筒をさっと差し入れた。父親はかぶっていたおかしなカウボーイハットをもちあげて母さんに感謝した。ウセビー叔母さんはジャンヌを小さな庭の奥まで引っ張っていくと、その下腹にてのひらをあてて生まれてくる赤ちゃんのために祈った。それからみんなで別れのあいさつを交わした。もう発たなければならないことや、ほとんど人目を忍ぶようにしてそそくさと結婚式を挙げたことに驚きながら。クリスチャンとぼくは、来るときとおなじくトランクルームに陣取った。車に乗りこんでドアを閉めようとした母さんに、パシフィックが顔を寄せて言った。

「あらためて結婚式を挙げようと思ってるんだ。今度はその名に値するちゃんとしたやつを。そのときは、ぼくのギターの出番さ！」

その言葉にみんなは歓声をあげて賛成した。

「それにしてもウセビー叔母さん、車の窓ガラスが割れてるけど、どうしたんだ？」

「なんでもない、ちょっとした事故よ。たいしたことないわ」

叔母さんはそうごまかすと、エンジンを始動させ、小さな庭から車を出すためハンドルを何度か切り返した。門を出る前、ぼくはさようならを言うため振り返った。最前列に、結婚式のかっこうのまま手をつないで立っているジャンヌとパシフィックが見えた。そのとなりでジャンヌの父親が、カウボーイハットを頭の上で振っていた。三人の背後にジャンヌの家族がじっと立っている。夕方の薄紅色の光が斜めから射していて、まるで絵を見ているようだった。車が左右に揺れながら未舗装の細道をゆっくりと下《お》りていくにつれ、一家の姿は少しずつ坂にのまれて消えていった。

21

台所のテーブルの隅でぼくは宿題を終わらせた。プロテはもの思いにふけりながら皿を洗っていた。ラジオからブルンジの新しい大統領に就任したシプリアン・ンタリャミラの演説が流れていた。ンタリャミラはフロデブ党出身で、権力空白の数か月を経て国民議会によって大統領に選出されていた。

その日の午前中、学校からそう遠くない路上で人が殺された。そのため、午後は休校になった。ルワンダからもどり、新学期がすでにはじまっていたけれど、袋道の仲間にまだ会いに行っていなかった。ぼくは宿題のノートを閉じると、ジノの家を訪ねることにした。ぼくらのあいだに漂う気まずさを解消しなければ、と思ったから。けれど、ジノは家にいなかった。そこで双子の家に行った。双子はアルマンと一緒にソファーにだらしなく座り、カンフー映画に夢中になっていた。ぼくは居間のじゅうたんに寝そべった。目の前を映像が流れゆくあいだ、思考はふらふらとべつの場所をさまよった。そうしているうちに眠ってしまったのだろう。それもかなり長いあいだ。目を覚ましたとき、テレビ画面には映画のエンドロールがゆっくりと流れていた。ぼくらはトランプ遊びをするため、溜まり場にしている空き地の廃車に向かった。フォルクスワーゲン・コンビのスライド式ドアを開けると、ジノとフランシスがいて、一本のタバコを分け合っていた。目の前の光景を理解するのに、一瞬の間が必要だった。

「なんでやつがここにいるんだよ？」ぼくはカッとなって言った。

「落ち着け。おれがフランシスに仲間に入らないかって誘ったんだ。袋道を守るには、フランシスの力が必要だって思ったから」

フランシスはわが家にいるようにくつろいだようすでシートに寝ころび、火のついた側からタバコを吸っている。アルマンと双子に驚くそぶりはない。ぼくは車のドアを乱暴に閉めた。裏切られたと思った。空き地を出たところでジノに身体をつかまれた。

「待てよ、ギャビー。もどってこい！」

「どうかしてるよ！」ぼくはジノを押しやりながら声を荒らげた。「やつはぼくらの宿敵だろ？　なのに、仲間に入れるのか？」

「思いちがいだったんだ。あいつのこと、よく知らなかったから。あれはギャビーが思ってるようなやつじゃない」

「だけど、川であんなことしたんだぞ。忘れたのか？　ぼくらのこと、殺そうとしたんだぞ、あの大ばか野郎は！」

「あのときのことは反省してるんだ。あのあと何日かして、おれんちに来たんだよ、謝りに……」

「それでやつを信じるのか？　それだって汚い手のひとつなのに。ぼくの誕生日のパーティーのこと、憶えてるだろ？」

「ちがう、ちがうんだ、ギャビー、それは誤解だ。フランシスはまともだよ。おれたち、ずいぶん話しこんだんだ。あいつ、根は悪くない。ただ、わかるだろ、恵まれない育ち方をしたから。フランシスも母親を亡くしてる。っていうか……、ギャビーにはわからないかもな。だって、母さんがいるから。けど、母親を亡くすのってのは特別だ。結構きついし……」

　ジノはうつむき、靴の先で土を掘りはじめた。

「ジノ……、なんて言ったらいいのかな……、お母さんのこと、気の毒に思うよ。でも、それならそうと、なぜ言ってくれなかったんだ？」

「どうしてだろう。でも、おれにとって母さんはほんとうに死んでるわけじゃない。うまく説明できないよ。話しかけたり、手紙を書いたりしてるし、ときには声が聞こえることだってある。わかるかな？　母さんはちゃんと存在するんだ……どこかに……」

ぼくはジノを抱きしめて慰めの言葉をかけたかった。けれど、どうふるまえばいいか、どんな言葉を口にしたらいいか、わからなかった。ずっとずっとわからなかった。ただ、ジノをこれほど近くに感じたことはない。ジノを失いたくはない――そう思った。ジノはぼくの兄弟であり友だちであり、いわばぼくの明るく活発な分身だ。ぼくがそうなりたいと願う存在だ。ぼくにはない、力と勇気をもっているから。

「ジノ、ぼくはいまでもきみにとっていちばんの友だちか？」

ジノはじっとぼくの目を見つめると、ぼくの背後にあるアカシアの茂みへ歩いていった。そしてアカシアの棘を一本手折ると、先端を舐めてきれいにし、指先に刺した。マラリアの血液検査のときのように少しだけ血が出た。それから、その棘を使ってぼくの指を血が出るまで刺すと、ぼくの指に自分の指を合わせた。

「これがさっきの質問への答えだ。これでおれたちは〝血の兄弟〟さ。ギャビーはおれにとって、いちばん大事な人だよ」

声がかすかに震えていた。ぼくは喉の奥が詰まって苦しくなった。ぼくらは互いに目をそらした。目が合ったら、泣いてしまいそうだったから。ふたりで手をつないでフォルクスワーゲン・コンビに引き返した。

車のなかではフランシスが演説をぶっていた。双子もアルマンも、さっきカンフー映画に見入っていたのとおなじくらい熱心にやつの言葉に聞き入っている。フランシスは双子も顔負けの話し上手で、そのスピーチにはスワヒリ語、フランス語、英語、キルンジ語をまぜ合わせた独創性あふれる単語がちりばめられていた。

外の暑さがやわらぐと、仲間はフランシスに川遊びに行かないかと誘った。

「水浴びしたいなら、ムハ川よりいいとこ知ってるぜ」フランシスは請け合った。「おれについてこい！」

大通りに出ると、やつは青と白のツートンカラーのタクシーを呼び止めた。運転手はガキどもを大勢乗せたくなかったのだろう、はじめは乗車を渋った。けれど、フランシスが鼻先に千フラン札を突き出すと、すぐにぼくらを乗せて発車した。ぼくも仲間も唖然とした。まるで手品みたいじゃないか！　一気に気分が高揚した。さあ、みんなで袋道から抜け出すぞ。双子が何度もたずねた。

「どこ行くんだ？　どこ行くんだ？　どこ行くんだ？」

「それは着いてのお楽しみ」フランシスは謎めかした口調で答えた。

車内にむっとする熱気が流れこんできた。アルマンは片腕を窓から突き出すと、風を受けながら空中でてのひらを滑らせて飛行機のまねをした。市内は活気に満ちていた。

騒々しい市場周辺。自転車やマイクロバスでごった返すバスターミナル。この国がいま、戦争状態にあるなんて信じられない。ルイ・ルワガソレ王太子通りではマンゴーの木立がたわわに実をつけていた。それをほかの地区の少年たちが長い竿を使ってとろうとしている。そのそばを通りかかると、ジノがけたたましくクラクションを鳴らした。タクシーはブジュンブラの高台を上りはじめた。空気がひんやりしてくる。ルイ・ルワガソレ王太子の霊廟にさしかかった。大きな十字架と、国旗とおなじ三色に塗り分けられた三つの尖ったアーチが見える。霊廟のてっぺんには大文字で、〈統一、労働、進歩〉という国の標語が刻まれていた。ずいぶん高くまで来たのだろう、地平線が一望できた。高所からながめるブジュンブラの市《まち》は、水際に置かれたデッキチェアのようなかたちをしていた。山の峰々とタンガニーカ湖のあいだに細長くのびるビーチみたいにも見える。やがてタクシーはサン＝テスプリ中学校の前でとまった。学校の建物は高みから市《まち》を見下ろす白い大型客船のようだ。ブジュンブラのこんな高いところまで来るのはみんなはじめてだった。フランシスは千フラン札をもう一枚運転手に手渡し、ここで待ってろと告げた。

中学校の敷地に入ると、暖かい大粒の雨が降り出して、土埃を舞い立てながら地面に小さな穴を穿《うが》ちはじめた。ふくらはぎに泥はねが飛び、濡れた土のにおいが立ちのぼってきた。急な雨に生徒たちは校舎や寮に駆けこんだ。広い校庭があっという間にがらんとし、ぼくらだけが残された。ぼくと仲間は、通路に沿って進むフランシスのあとをついていった。ぼくは歩きながら口を開け、落ちてくる雨粒を舌で受け止めた。口のなかがすっと冷えていく感じがした。壁の向こう側まで行くとプールがあった。現実のものとは思えず、ぼくは目を疑った。オリンピックで使われるような本格的なプールで、コンクリートの飛びこみ台もついている。すぐにフランシスが服を脱ぎ捨ててプールに飛びこんだ。すかさずジノがあとにつづく。ぼくもほかの仲間も裸になった。いつもは恥ずかしがるアルマンさえも。ぼくらは膝を胸につけ、丸くなって飛びこんだ。どしゃぶりの雨が水面に叩きつけるなか、ときおり水のなかにまでさっと陽が射した。ぼくらは恋に落ちた日のように幸せだった。はしゃいで大笑いしながらプールのはしからはしまで往復し、ばかげたことを競い合い、水中で脚を引っ張り合ったり、ふざけて水のなかに引きずりこんだりした。フランシスはプールサイドに立ち、バック転をする要領で何度も水中に飛びこんだ。仲間たちは感嘆の声をあげてフランシスに見とれた。ジノはとくに。アクロバチックな技を前に、すっかり目を輝かせて。ぼくは嫉妬に胸が疼いた。

「あの飛びこみ台からも、おなじことできるのか？」ほれぼれとフランシスを見つめながら、ジノはたずねた。

雨粒がぼくらの顔で跳ねている。フランシスは飛びこみ台を見あげた。

「おまえ、頭、だいじょうぶか？　十メートルはあるぞ！　あそこからおんなじことしたら、死ぬって」

ぼくは即座に肚《はら》をくくった。ジノに見せてやりたかった。ぼくはフランシスよりずっとすごいということを。水から上がると、飛びこみ台にとりつけてある大きなはしごのほうにすたすたと歩き出した。はしごは滑りやすくて、てっぺんは靄でかすんでいた。登っているあいだ、雨が顔を流れ落ち、目もよく開けられなかった。はしごにしがみつき、どうか足を滑らせませんようにと祈る。仲間たちが、あいつ、気は確かか、といった顔でこちらを仰ぎ見ている。上までたどり着くと、飛びこみ台のはしへと進んだ。下のほうで仲間たちがあっけにとられている。みんなの小さな頭が、水中に浮かぶボールのようだ。幸い目はくらまなかったけれど、心臓の鼓動が異常なほど速くなる。引き返したくなった。けれど、そんなことをすればフランシスがどんな反応をしめすか火を見るより明らかだ。臆病風に吹かれたママ大好きの甘ったれ坊やだとぼくをさげすみ、あざ笑うにちがいない。それに、ジノがいる。ジノはぼくに失望し、フランシスの側につく。そうして結局ぼくを遠ざけ、ぼくらの友情も、血の約束も忘れてしまう。

飛びこみ台のてっぺんからはブジュンブラ市街と、だだっぴろい高原と、青い水を湛えた大きなタンガニーカ湖のザイール側にそびえる太古の山々が見えた。ぼくは自分が暮らす市《まち》の上に、一糸まとわぬ姿で立っていた。身体に熱帯の雨が重い帳《とばり》となって流れ落ち、肌をやさしく撫でていく。綿雲のなかで銀色がかった虹の光がきらめいている。仲間の声援が聞こえてきた。行け、行け、ギャビー！　がんばれ、ギャビー！　恐怖が舞いもどってきた。ぼくの身体をいつも嬉々としてこわばらせてきたあの恐怖が。飛びこみ台の先端でプールに背を向ける。踵はすでに空中に突き出ている。激しい恐怖のせいで失禁し、黄色い液体がぼくの片脚を蔓のように絡まりながら流れ落ちていく。ぼくは勇気を奮い立たせようと、降りしきる雨のなか、アメリカ先住民族のスー族のような猛々《たけだけ》しい雄叫びをあげた。そして、バネのように両膝を曲げ、後方へと身をひるがえした。ぼくは完璧な動きでくるりと空中で回転した。いわく言いがたい神秘の力が、ぼくの身体を完全にコントロールしてくれた。あとはただ、宙に放り出された人形のようになすすべなく落ちていく感覚があるだけだった。水がそのふわりとした腕でぼくを迎え入れ、その渦とくすぐったい泡の暖かさがまるで熱のようにぼくの身体をつつんだとき、ぼくはもう自分がどこにいるのかわからなかった。プールの底まで行き着くと、タイルの床に背をつけ、とてつもない達成感を味わった。

水面に浮かびあがると、凱旋式さながらの興奮が待っていた。仲間がすぐさま寄ってきて、ぼくを歓声で迎えた。「ギャビー！　ギャビー！」水面が打楽器《タムタム》に早変わりした。ジノがぼくの腕をとり、試合に勝利したボクサーにするように高々と宙に掲げた。フランシスはぼくの額にキスをした。ぼくは抱きつかれ、抱きしめられ、みんなのなめらかな身体を肌に感じた。やった、やったぞ！　あの憎たらしい恐怖に打ち勝ったのはこれで二度目だ。ぼくをいつもがんじがらめにしてきたあの手強い恐怖という鎧を、とうとう脱ぎ捨てることができたのだ。

ほどなくして中学校の年老いた管理人がやってきて、侵入者をプールから追い出しにかかった。ぼくらは濡れた服を拾いあげ、尻を丸出しにしたまま走った。笑い転げながら、息を切らして。タクシーの運転手も、ミミズのように丸裸で車に乗りこんできたぼくらを見て大笑いしながら車を出した。雨のなか夕闇が落ちていた。車はヘッドライトをハイビームにして、キリリ地区の曲がりくねった道をゆっくりと下りはじめた。ブジュンブラの市《まち》をながめるには、白く曇ったウィンドーをパンツで拭かなければならなかった。ブジュンブラはいまや光のプランテーション、蛍の野原となって平原の闇を照らしていた。カーラジオからジェフリー・オリエマが歌う〈マカンボ〉が流れてきた。妙《たえ》なるひとときをもたらすその声は、角砂糖のように心のなかで甘く溶け、はちきれんばかりの幸せに昂るぼくらの神経を静めてくれた。これほど自由を実感し、これほど生の充実感に満たされたことはない。その感覚は、頭のてっぺんから足のつま先にまでみなぎっていた。あのとき、ぼくらはひとつに結ばれていた。心地よい音楽というおなじ血液が流れる、おなじ血管で結ばれていた。ぼくはフランシスについて思いちがいをしていたことを悔いた。そして悟った。やつもぼくらと、このぼくと、おなじなのだと。選択肢をあたえてくれなかった世界のなかで精一杯生きている、ごくふつうの少年のひとりなのだと。

ブジュンブラはいまや正真正銘の豪雨に見舞われていた。側溝があふれ、市《まち》の高台のてっぺんからタンガニーカ湖まで、ごみまじりの泥水がごうごうと流れていく。ワイパーはもはや役立たず同然で、フロントガラスの上でむなしく息を切らしていた。漆黒の夜のなか、車のライトが闇に沈む道を舐めるように照らし、雨粒を黄色と白に光らせた。ぼくらは袋道に、この向こう見ずな午後のスタート地点に帰り着こうとしていた。

ムハ川の橋にさしかかったとき、突然タクシーが急ブレーキをかけた。不意を突かれたぼくらは前方に投げ出され、身体をぶつけ合った。フランシスは顔面をダッシュボードに打ちつけた。顔を上げたとき、少し鼻血が出ていた。驚きの一瞬が過ぎたあと、ぼくらは運転手を見てぞっとした。運転手は全身をこわばらせていた。ハンドルを握りしめた両手を震わせ、恐怖に引きつった目で道路を見つめながら。そして何度も言った。

「悪魔《シェイタニ》だ！　悪魔《シェイタニ》だ！　悪魔《シェイタニ》だ！」

前方の闇のなか、ヘッドライトの光のわずか先を、黒い馬の影が横切るのが見えた。

22

一九九四年四月七日の朝、電話のベルがだれもいない部屋に鳴り響いた。父さんはよそで夜を過ごし、まだ帰っていなかった。ぼくが電話に出た。

「もしもし？」

「もしもし？」

「母さん？」

「ギャビー、お父さんを出して」

「いないんだ」

「いない？」

母さんはそこでひと呼吸置いた。息を吸う音が聞こえた。

「そっちに行く」

クーデターの翌日とおなじく、家にはぼくとアナしかいなかった。プロテもドナシアンも、門番でさえも姿がなかった。母さんはオートバイに乗ってすぐにやってきた。ヘルメットも脱がずにテラスの階段を大急ぎで駆けあがり、ひどく興奮したようすでぼくとアナを抱きしめた。それから台所で紅茶を淹れた。そして居間のソファーに座ると、両手でカップをはさみもち、立ちのぼる香り豊かな湯気に息を吹きかけた。

「お父さんはあなたたちをほったらかしにして、しょっちゅう外泊しているの？」

ぼくが否定するより先に、アナがうんとうなずいた。

「クーデターの夜も、家にいなかったんだよ」仕返しするように言った。

「ひどい人！」母さんは吐き捨てた。

やがて父さんが帰ってきた。父さんは居間に入ってきても、だれにもおはようを言わなかった。ただ、ソファーに母さんが座っているのを見てびっくりした顔をした。

「ここでなにをしてるんだ、イヴォンヌ？」

「ひと晩じゅう子どもを置き去りにして、恥ずかしくないの？」

「ああ、なるほど……、そのことで文句を言いたいんだな？　本気か？　だって、子どもを置いて家を出ていったのはそっちだぞ。偉そうなこと言える立場じゃないだろ？」

母さんはぎゅっと目をつむってうつむいた。鼻をすすり、ブラウスの袖で鼻をぬぐった。父さんはそんな母さんを厳しい目で見た。口論する気満々の顔だった。母さんが顔を上げてぼくらに向き直ったとき、その目は涙で赤くなっていた。母さんは言った。

「昨夜、ブルンジとルワンダの大統領が殺されたの。ふたりの乗った飛行機が、キガリ上空で爆撃されたのよ」

父さんは肘掛け椅子にどすんと腰を下ろした。衝撃を受けて声も出せないようだった。

「ジャンヌとパシフィックに連絡がとれないの。ウセビーとも。ミシェル、お願い、力を貸して」

就任直後の大統領が暗殺されたという深刻な知らせがもたらされたというのに、ブジュンブラ市内で混乱は生じていなかった。父さんがフランス大使館の憲兵に連絡をとっているあいだ、母さんはルワンダにいる親族になんとか連絡をつけようと躍起になった。夕方になってようやく、ウセビー叔母さんと電話がつながった。父さんは電話の後ろについている聴話器《エクトゥール》を使ってふたりの会話を聞いた。

「イヴォンヌ、イヴォンヌ、あなたなの?」ウセビー叔母さんは叫ぶように言った。

「いえ、だいじょうぶだなんて、とても言えない。昨夜、飛行機が爆発する音が聞こえたわ。その数分後にラジオで大統領が死んだというニュースが流れたの。ツチ族のしわざだって。そしてフツ族に、報復のため武器を手にとれっていう号令が下った。わたしたちを抹殺するための合図だってわかったわ。すぐに市内のいたるところに通行止めの柵が設けられた。そのあと、民兵と大統領の警備隊が市内をめぐり、それぞれの地区をしらみつぶしに捜し、フツ族の反対派やツチ族の家に押し入って家族をみな殺しにしはじめた。ひとりも容赦しないで。今日の明け方、隣人一家がすぐそこ、家の柵の向こうで殺された。子どもたちもふくめて全員が。恐ろしかったわ、ああ神さま……。わたしたち、あの人たちが死の苦しみに悶えているすぐそばにいたのよ。なんにもできずに、恐怖に身をこわばらせて、家のなかで床に伏せていたのよ。周囲で機関銃の音がしている。四人の子を抱えて、わたしひとりでなにができるって言うの！　イヴォンヌ、わたしたち、どうなってしまうの？　国連の知人とは連絡がとれないし、もうだめよ……」

ウセビー叔母さんは声をあえがせ、母さんは懸命に叔母さんを落ち着かせようとした。

「そんなこと言わないで、ウセビー！　いまミシェルのところにいるの。これからキガリのフランス大使館に連絡するから、心配しないで。パシフィックがもうそっちに向かってるはずよ。可能なら聖家族教会に逃げて。人殺しどもも教会は襲えない。一九六三年から六四年にかけて起きた虐殺のときのことを思い出して。あのときもみんな教会に逃げこんで命拾いしたじゃない。教会は聖なる場所だから、やつらも手出しできないはず……」

「そんなこと、とてもじゃないけどできない。地区全体が包囲されてるんだもの。子どもたちを連れて外に出る危険は冒せない。わたし、決めたわ。子どもたちと一緒に祈ったあと、あの子たちを天井裏に隠す。そしてわたしひとりで助けを求めに行く。でも、いまここでお別れの言葉を言ったほうがいいのかも。ええ、ぜったいそうしておいたほうがいい。今度ばかりは、生きてここを出るチャンスはなさそうだから。彼らはわたしたちを激しく憎んでる。今度こそ片をつけようって息巻いてる。三十年間、彼らはわたしたちを亡き者にしようと画策してきた。その計画を実行に移すときがきたのよ。あの人たちの心に、憐れみなんてものはない。こっちはすでに殺されたも同然よ。わたしたち、ルワンダの最後のツチ族になるんだわ。わたしたちが死んだら、お願い、新しい国をつくってちょうだい。ああ、もうお別れしなければ。さようなら、わたしの妹、さようなら、イヴォンヌ……。わたしたちの分も生きて……。あなたの愛は忘れない……」

受話器を置いた母さんは凍りつき、歯の根が合わず、手が震えていた。父さんは母さんを落ち着かせようと抱きしめた。母さんはすぐに正気にもどり、父さんにべつの連絡先に電話をするよう頼んだ。それがすむと、もうひとつ、またひとつと、つぎつぎに番号を伝えた……。

それから数日のあいだ、父さんと母さんは昼も夜も電話をかけつづけ、国連の組織や、フランスやベルギーの大使館に連絡をつけようとした。

「国外退避の対象となるのは欧米人だけです」電話口から非情な答えが返ってきた。
「それと、彼らが飼ってる犬と猫だけなんでしょ！」母さんはカッとなって言い返した。
その後の何時間、何日、何週間かのあいだにルワンダからもたらされたニュースは、数週間前にパシフィックが予見していたとおりのものだった。国の全土でツチ族は、組織的かつ徹底的に、惨殺、虐殺、抹殺されていた。

母さんは食べることも、眠ることもしなくなった。夜はこっそりベッドを抜け出した。居間の電話の受話器をとる音が聞こえてきた。つづけて、ジャンヌとウセビー叔母さんに何千回目となる電話をかける音。朝、受話器を耳にあてたまま、居間のソファーでうとうとしている母さんを目にすることになった。がらんとした部屋に、呼び出し音がむなしく響いていた。

日を追うごとに死者のリストはどんどん長くなった。ルワンダは広大な狩場と化し、そこではツチ族が狩られていた。生まれたことの、存在することの罪を問われて。人殺したちにとってツチ族は害虫であり、踏みつぶさなければならないゴキブリだった。母さんは役立たずの無力感にひしがれた。なにしろ断固たる決意で、力のかぎりをつくしているにもかかわらず、だれひとり助け出すことができないのだから。母さんはみずからの民族、みずからの家族の消滅になすすべもなく立ち会っていた。そして狼狽し切って、ぼくらから、さらには自分自身から遠ざかっていった。内側から蝕まれていった。その顔は生気を失い、目の下は大きなくまで黒ずみ、額には皺が刻まれた。

家のカーテンは閉め切ったままになった。ぼくらは陽光に背を向けて暮らしていた。暗い大きな部屋でラジオがにぎやかに鳴りひびき、悲痛な叫び、救いを呼ぶ声、耐えがたい苦悶の悲鳴を、スポーツの試合結果や株価の変動や世界を動かすちょっとした政治の混乱を伝えるニュースの合間に伝えていた。

戦争とはちがうあの状況が、ルワンダで三か月ものあいだつづいた。あの時期、自分たちがなにをしていたか、ぼくはうまく思い出せない。学校のことも、友だちのことも、日々の暮らしのことも、思い出せない。以前のように家族四人が揃っていた。けれど、ぼくら家族とぼくらの記憶は、巨大な黒い穴にのみこまれた。一九九四年四月から七月にかけて、ぼくらは遠く離れたルワンダで犯されている大虐殺《ジェノサイド》を経験した。四方を囲まれた部屋のなかの、電話やラジオのそばで。

六月はじめに最初の知らせがもたらされた。パシフィックがお祖母ちゃんの家に電話をかけてきたのだ。彼は生きていた。けれど、ほかのだれの消息も知らなかった。ただ、自分の属するルワンダ愛国戦線《RPF》がギタラマを占領しようとしていることと、その週のうちにジャンヌの実家を訪ねられそうだということを伝えてきた。その知らせはぼくらに一縷《いちる》の希望をもたらした。母さんは遠い親戚と数少ない知り合いの何人かと連絡をとるのに成功した。彼らが語る話はどれもこれも恐ろしく、生きのびられたこと自体、奇跡だった。

ルワンダ愛国戦線《RPF》は勢力を巻き返しつつあった。大虐殺を推し進めた政府とルワンダ軍は混乱し、首都を追われた。フランス軍は大虐殺をやめさせ、国の一部地域を安全地帯にするため、〈トルコ石作戦〉と呼ばれる大がかりな人道的介入作戦を開始した。もっとも母さんは、これもまた、かねてから肩入れしてきたフツ族に手を貸そうとするフランスの汚いあらたな画策だと言い張った。

七月、ルワンダ愛国戦線《RPF》がついに首都キガリに入城した。母さん、お祖母ちゃん、ひいお祖母ちゃんはすぐに、ウセビー叔母さんと子どもたち、それにジャンヌとパシフィック、そしてほかの親族や友人たちを捜しにルワンダへ旅立った。お祖母ちゃんとひいお祖母ちゃんにとっては、三十年間の難民暮らしを経てついに実現した祖国への里帰りだった。ふたりは、とくに年老いたひいお祖母ちゃんのロザリーは、祖国の土を踏む日をずっと夢見てきた。先祖たちの大地で生涯を閉じたいと願ってきた。けれど、乳と蜜が流れるルワンダは失われていた。あの国は、露天の死体置き場に変わっていた。

23

学校が年度末を迎えた。ブジュンブラでは政治的混乱から住民が国外に退避する動きが出はじめていた。双子の父親もフランスへの帰国を決意した。一時的にではなく、この先ずっと向こうで暮らすのだ。その知らせはギロチンの刃が落ちるように、すとんといきなりもたらされた。ぼくらは双子の家の門の前で別れのあいさつを交わした。あまりにもあわただしい別れだった。車が土煙を巻きあげて袋道から出ていくと、フランシスが、タクシーで追いかけて最後のあいさつをしようと言い出した。空港に着いたのは双子が飛行機に乗るぎりぎり直前だった。ぼくらは抱き合った。ぼくが双子に手紙をくれと頼むと、双子は請け合った。口癖だった例の言いまわしを使って——約束するよ、神さまの名にかけて《オ・ノン・ド・デュー》！

　双子が発ったあと、ぼくらの暮らしにぽっかり穴が空いた。はじめ、空き地にあるフォルクスワーゲン・コンビに集まるたびに、アルマンの冗談に笑い転げる双子の声や、双子が披露する午後の恒例のばか話が懐かしくてたまらなかった。双子が去ると、なによりフランシスの存在感が増した。そのころはもう、集まればしゃべってばかりだった。廃車のシートに何時間も座り、ピーター・トッシュの古いカセットを流し、安物のタバコを吸い、フランシスが雑貨屋で買ってきた瓶入りのビールやファンタを飲みながら。ぼくが釣りに行こうとか、川遊びをしようとか、マンゴーをとろうなどと誘うと、仲間は一蹴《いっしゅう》した。そんなの、ガキの遊びじゃねえか、もうそんな齢《とし》じゃねえよ。

「正式なグループ名を決めようぜ」ジノが言った。

「名前ならすでにあるじゃないか！　〈キナニラ・ボーイズ〉ってやつが」

ぼくが言うと、ジノとフランシスが鼻で笑った。

「ちんけな名前だな！」

「なに言ってんだよ、ジノがつけたんだぞ」ぼくは傷ついた。

「なんにせよ、これは〝グループ〟なんてやわなもんじゃねえ。いまやギャング団さ」

フランシスは言った。「ブジャはギャングの街だ。ロスやニューヨークみてえに。地区ごとにギャング団が存在する。ブウィザには〈負け知らず《サン・デフェット》〉だろ、ンガガラには〈しくじり知らず《サン・ゼ・シェック》〉だろ、ブイェンジには〈六車庫《シックス・ガレージズ》〉だろ……」

「ああ、そうさ。〈シカゴ・ブルズ〉も〈ゴムなし《サン・カポット》〉もある」ジノがリズムを刻みながら軽快にあとを継ぐ。

「で、おれたちはキナニラ地区のギャングってことになる」フランシスはふーっとタバコの煙を吐いた。「どういうしくみか教えてやろう。ギャング団ってのは上下関係のもとに組織されてる武装集団だ。〈死の市《まち》作戦〉が行なわれているあいだ、道路を封鎖するのもギャングの仕事だ。だれもが一目置く存在さ。軍人でさえ、ギャングには好きなようにやらせてる」

「でもまさか、ぼくらが〈死の市《まち》作戦〉に参加するわけじゃないよね？」アルマンがたずねた。

「地区は守らねえとだめだろ」ジノが答えた。

「父さんが言うんだ、〈死の市《まち》作戦〉の日に外に出たら、死ぬのは市《まち》だけじゃないって」アルマンは軽く笑った。

「心配すんな。なにもすぐに道を封鎖するわけじゃねえ」フランシスはすでにリーダー気取りだった。「ムハ川の橋を閉鎖してる〈負け知らず《サン・デフェット》〉の連中とうまくやってきたいだけだ。あいつらのパートナーだってことをしめして、ときどき助けてやるのさ。そうすりゃ、これまでどおりこの地区をシマにできるし、いざとなったら、向こうに守ってもらえる」

「あんな人殺し連中とはかかわり合いたくないよ」ぼくは言った。「あいつらがしてるのは、仕事帰りの貧しい使用人を殺すことだけじゃないか」

「やつらが殺してるのはフツ族だ、ギャビー。だって、フツ族がおれたちを殺してるんだから！」ジノは言った。「〝目には目を、歯には歯を〟って知ってるだろ？　聖書にだって書いてある」

「聖書に書いてある？　そいつは初耳だな！　ぼくが知ってるのは、コンゴ人が歌う〝目には目を《ウィユ・プール・ウィユ》、百パーセント《サン・プール・サン》！　百パーセント《サン・プール・サン》！　オ！　オ！　オ！〟ってやつさ」

「やめろ、アルマン！」ぼくはいら立った。「ちっともおもしろくないよ」

「ルワンダで連中がおれたちの家族や親戚にしたこと、知ってるだろ、ギャビー？」とジノ。「自分の身は自分で守らなきゃ殺される。連中がおれの母さんを殺したみたいに」

フランシスがぼくらの頭上にタバコの煙の輪をぷかぷか浮かべた。アルマンはおどけるのをやめた。ぼくはジノに言い返したかった――そんな考えはまちがいだ、きみは世のなかを単純に敵と味方に二分している、いつも仕返しばかりしていたら、戦争は永遠に終わらない。けれど、ジノの母親が殺されたと聞いて動揺した。そして、自分自身を納得させようとした。やつの悲しみは理性を凌《しの》ぐほど大きいのだと。悲しみは、話し合いのゲームのなかのジョーカーだ。ジョーカーを出されたら、ほかの主張はすべてひれ伏し、屈服するしかない。悲しみはある意味、理不尽な存在だ。

「ジノの言うとおりだ！　戦争がはじまっちまったら、だれも中立ではいられねえ！」

フランシスが知ったような顔で言ったので、ぼくはむらむらと怒りがこみあげた。

「フランシスは弁が立つな。さすがはザイール人だ」アルマンが笑い声をあげた。

「ああ、おれはザイール人さ。だが、ザイールのツチだ」

「ほら、やっぱりぼくらとはちがう！」

「おれたちは〝バニャムレンゲ〟って呼ばれてる」

「それだって、初耳だよ」とアルマン。

「どっちかの陣営につこうとしなきゃ、いったいどうなる？」ぼくはたずねた。

「そんなことはできねえよ。だれでもどっちか選ばなきゃ」ジノが敵意のこもった笑いを浮かべて言った。

そんな議論にはうんざりだった。フランシスとジノを夢中にさせている暴力にも。これからは溜まり場に足を運ぶのは控えよう。ぼくはそう決めた。そして、仲間と、仲間の猛々しい言葉から距離を置きはじめるようにさえなった。ちゃんと呼吸して、気分を変える必要があったから。人生ではじめて、袋道にいることが窮屈に思われた。ぼくの不安がぐるぐる出口を求めてまわっている、この閉ざされた空間にいることが。

ある日の午後、エコノモポロス夫人の家のブーゲンビリアの生垣の前で、ぼくは夫人に出くわした。ぼくらは二言三言、雨季や天気について世間話を交わした。すると夫人が、うちに来ないかと誘った。グラナディラのジュースでも飲んでお行きなさい。夫人の家の大きな居間に入ると、ぼくの視線はすぐに、部屋の壁のひとつを覆うようにしつらえられた漆喰塗りの本棚に引きつけられた。こんなにたくさんの本がひとところに集まっているのを見るのははじめてだ。床から天井まで、ぎっしり本が並んでいる。

「これ、ぜんぶ読んだんですか？」ぼくはたずねた。

「ええ、そうですよ。何度も読み返したものもありますわ。本はわたしの生涯の恋人なの。笑いや涙や疑いや、考えるきっかけを授けてくれる存在なんです。いまいる場所とはべつのところに旅立たせてもくれますし。本はわたしを変えました。べつの人間にしてくれたんです」

「一冊の本に人を変える力があるって言うんですか？」

「もちろんですよ！　一冊の本には、あなたを変える力がある。あなたの人生さえも。そう、ひと目惚れのように。運命の出会いはいつ起こるかわかりません。本をあなどってはだめ。本は眠れる精霊ですよ」

ぼくの指が棚をめぐり、本の表紙を撫でていった。その手触りはひとつひとつずいぶんちがっていた。目にした本のタイトルを心のなかで読みあげた。夫人はなにも言わずにぼくをながめていた。けれど、ぼくがある本のタイトルに惹かれ、そこからなかなか目を離せずにいると、そっとぼくの背中を押した。

「それ、読んでごらんなさいな。きっと気に入るはずですよ」

その夜、ベッドに入る前、ぼくは父さんの書きもの机の引き出しから懐中電灯を拝借した。そして上掛けを頭からかぶり、借りてきた本を読みはじめた。老人と少年と、大きな魚と、サメの群れが出てくる話だった……。読み進めるうちにぼくのベッドは舟になり、マットレスのはしに波がざぶんざぶんと打ちつける音が響き、あたりは外海の大気につつまれ、沖つ風がシーツの帆をぐんぐん押した。

翌日、ぼくはエコノモポロス夫人に本を返しに行った。

「もう読み終えたのですか？　すばらしいわ、ガブリエル！　ほかのも貸してさしあげましょう」

その日の夜は、ぶつかり合う鉄の音、馬がリズムよく駆ける音、騎士のマントがこすれる音、刺繡のついた王女のドレスの衣擦れの音を耳にした。

べつの日は窮屈な部屋に、思春期の少女とその家族と一緒に身を潜めた。ぼくらは戦時下の破壊された都市にいた。少女は日記に想いのたけをぶつけていて、ぼくは彼女の肩越しにそれを読むのを許された。そこには恐怖と夢と恋と、こんなことになる前の平和な暮らしが綴られていた。それを読んでぼくは思った。これはぼくのことだ、この文章は、まるでぼく自身が書いたみたいだ。

本を返しに行くたびに、エコノモポロス夫人は感想を聞きたがった。そんなこと聞いて、なにが楽しいんだろう。ぼくは不思議でならなかった。はじめ、ぼくは本のかんたんなあらすじを話した。大きな出来事や、登場する地名、登場する人物の名前を伝えた。夫人は満足そうだった。ぼくはなにより、もう一冊本を貸してもらいたくてたまらなかった。それをもって子ども部屋に駆けこみ、むさぼり読みたくて。

やがてぼくは、感じたこと、疑問に思ったこと、作者や登場人物に対するぼくの意見などを語るようになった。そうやって、読んだ本をじっくり時間をかけて味わい、物語を長引かせた。午後に夫人を訪れるのが日課になった。読書のおかげで、袋道の行き止まりが消え去った。もう一度、楽に呼吸ができるようになった。ぼくらをみずからの殻に、恐怖のなかに押しこめている柵を越えて世界がぐんと広がった。溜まり場に足を運ばなくなり、仲間に会いたいとも思わなくなった。戦争や〈死の市《まち》作戦〉や、フツ族やッチ族の話を耳にしたいとも思わなくなった。エコノモポロス夫人とぼくは、夫人の庭のジャカランダの木の下に座った。夫人は錬鉄のテーブルに紅茶とホットビスケットを並べた。ふたりで何時間も、夫人がぼくに貸してくれた本についておしゃべりした。ぼくはぼくの心の奥底に沈み、ぼく自身意識していなかったたくさんのことを話している自分に気がついた。この緑に囲まれた避難所で、ぼくは自分の好み、自分の望み、自分のものの見方や感じ方をしっかりとらえるすべを学んだ。夫人はぼくを信頼してすべてを任せ、けっして評価を下したりはしなかった。彼女はぼくの話にじっと耳を傾けて安心感をあたえてくれる天賦の才をもち合わせていた。たっぷり話しこんだあと、ちょうど午後が夕陽の光のなかに消えゆくころ、ふたりで夫人の庭を散歩した。ぼくらは齢《とし》の差がはなはだしい不釣り合いなカップルのようだった。教会の丸天井の下を、しずしず歩を進めているような気がした。鳥のさえずりは祈りのざわめきに聞こえた。野生の蘭の前で足を止め、ハイビスカスの生垣やイチジクの若枝のあいだをすり抜けた。夫人の花壇は、この地区を飛び交うタイヨウチョウとミツバチにとって、たいへんなご馳走になっていた。ぼくは栞《しおり》にするため、木の根もとに落ちていた枯れ葉を拾った。ぼくらは過ぎゆく時間を引きとめるかのように、スローモーション同然の足運びで、生い茂る草むらをゆったりと歩いた。袋道が少しずつ夜につつまれていった。

24

母さんは新年度の授業がはじまった日にルワンダからもどってきた。〈死の市《まち》作戦〉の翌日のことだった。学校までの道には焼け焦げた車の残骸や石のブロックや、熱で溶けたり、まだ煙を上げてくすぶったりしているタイヤが散乱していた。道端に転がっている死体のそばにさしかかると、父さんはぼくとアナに目をそむけるよう言った。

フランス大使館の憲兵につき添われた校長が、広々とした屋根つきの校庭に生徒を集め、ぼくらに最新の安全上の注意をあたえた。学校のまわりに植えられていたブーゲンビリアの鬱蒼とした木立は、高いレンガの壁に替わっていた。ときたま教室のなかに飛んでくる流れ弾から生徒を守るための方策だった。

市《まち》は大きな恐怖にのまれていた。大人たちはあらたな危険が差し迫っていることを自覚し、ルワンダのように状況が悪化するのではないかと危惧していた。そこで、さらなる自衛手段をつぎつぎに講じた。暴力ととなりあわせだったこの時期、鉄格子、警備員、警報装置、柵、ゲート、鉄条網がどんどん増えた。安心感をもたらすそれらの装備をほどこすことで、暴力は遠ざけられる、暴力から距離を置けると人びとは思いこもうとした。ぼくらは平和でも戦争でもないそんな奇妙な雰囲気のもとに暮らしていた。それまでなじんできた価値観は、もう通用しなくなっていた。危険にさらされているという意識が、空腹やのどの渇きや暑さとおなじくらい日常の感覚になった。恐怖と血が、ぼくらの日々の暮らしのすぐそばにあった。

ある日のラッシュアワー時、ぼくは中央郵便局の前で男の人に私刑《リンチ》がくわえられるシーンを目撃した。父さんは車のなかだった。ぼくは父さんに言いつけられて、私書箱に郵便物をとりに行くところだった。ツキを呼ぶため人差し指と中指を交差させ、ロールから手紙がとどいてますようにと祈ったちょうどそのときだ。三人組の若い男がぼくの前を横切り、ひとりの男性を襲撃した。さしたる理由もなく唐突に。三人はその人に石を投げつけた。道の角では警官がふたり、男性が襲われているのを傍観していた。通行人も無料の見世物を楽しむみたいに、いっとき足を止めて見入った。三人組のひとりがプルメリアの木の下にあった大きな石を拾いに行った。タバコやチューインガムの売り子がいつも座っていた石だ。地面に倒れた男性が立ちあがりかけたちょうどそのとき、その大きな石が彼の頭を直撃した。男の人はアスファルトの路上に仰向けにひっくり返った。空気をとりこもうとしたのだろう、シャツの下で胸が三回、ヒッヒッとあえぐように弾んだ。そしてそのあと、ぴくりとも動かなくなった。三人組は、あらわれたときとおなじくらい静かにするりとその場を立ち去った。通行人は歩きはじめた。標識コーンを迂回するみたいに、巧みに死体を避けながら。市《まち》全体がふたたび動き出し、雑多な活動や買いものが再開し、日常のリズムがもどった。道は車でごった返し、マイクロバスがクラクションを鳴らし、もの売りの子どもたちがビニール袋に入った水や落花生を勧め、想い人《びと》のいる人が私書箱に恋文がとどいていることを願い、子どもが病床にある母のために白いバラを買い、女性が濃縮トマトの缶詰を値切り、流行りの髪型に整えた若者が理容室から出てくるそのそばで、少し前から人が自由に他人《ひと》を殺すようになっていた。なんのとがめも受けることなく、以前と変わらぬ真昼の太陽の下で。

ぼくらがテラスのテーブルについていると、ジャックの車が家の敷地に入ってきた。ジャックが運転するレンジ・ローバーから母さんが降りてきた。母さんが音信不通になって二か月が経っていた。ひと目で母さんとはわからないほどの変わりようだった。がりがりに痩せ、ぞんざいに巻きスカートをはき、茶色っぽいぶかぶかのシャツを着ている。靴も靴下もはいておらず、足は垢まみれだ。ぼくらが見慣れているおしゃれで小粋な都会風の若い女性ではなく、インゲン豆畑からもどってきた泥だらけの農婦のようだった。アナがテラスの階段を駆けおりて母さんの胸に飛びこむと、母さんはぐらりとよろめき、後ろにひっくり返りそうになった。

憔悴し切った顔、黄色い目、濃く浮き出たくま、しなびて張りを失った肌。開いた襟もとから湿疹のかさぶたがのぞいている。母さんは一気に老けこんでいた。

「ブカブでイヴォンヌに会ったんだ」ジャックが説明した。「ブジャに向かう途中、偶然見かけたのさ。ちょうどブカブの市《まち》はずれで」

ジャックは母さんに視線を向けようとしなかった。嫌悪を催すながめから目をそむけようとしているみたいに。気まずさを打ち消そうとしているのだろう、ウィスキーを何度もグラスにたっぷり注ぎながら、ひっきりなしにしゃべりつづける。暑さのせいで額に玉の汗が浮いていた。ジャックは厚手のハンカチで顔の汗を拭いた。

「それでなくてもすでに、ブカブは混乱のるつぼなのにな。だがな、あれは目を疑うぞ、ミシェル。想像の域を超えている。あれぞまさしく人間の掃きだめだ。一センチ四方ごとに、悲惨さを競う品評会をしてるようなもんだ。なにしろ、路上に十万の難民がひしめいてるんだからな！　息もできないありさまさ。道という道が人であふれ、空いてるすきまなんぞこれっぽっちもない。しかも難民はぞくぞく入ってくる。毎日、何千人も国境を越えてやってくるんだ。出血が止まらない状態さ。ザイールはルワンダ人に覆いつくされそうになっている。二百万の女、子ども、年寄り、フツ系過激派民兵《インテラハムウェ》、軍の元士官、大臣、銀行家、司祭、障がい者、罪なき者、罪深い者、山羊もふくめてその他もろもろ……。清き貧者から欲たかりの卑劣漢まで、ありとあらゆるたぐいの人間が流れこんでくる。連中は祖国《くに》の丘の斜面に、死肉を漁る犬どもと、切り刻まれた牛たちと、百万の死者を残してやってきた。だが、あいつらを待ち受けているのは、飢えとコレラだ。おれの住むキブ州が、この途方もない大混乱から立ち直れる日が来るとは思えんよ！」

プロテが母さんにマッシュポテトと牛肉を給仕していると、アナが質問を口にした。ぼくらが口に出せずにいた肝心の質問を。

「それで、ウセビー叔母さんとクリスチャンたちは見つかった？」

母さんはかぶりを振った。ぼくらの視線は母さんの口もとに釘づけだった。けれど、母さんはなにも言わなかった。ぼくはパシフィックについてもおなじ質問をしようとしたけれど、父さんがちょっと待て、というように手でぼくを制した。母さんは病気を患ったお婆さんのように、出されたものをゆっくり咀嚼《そしゃく》した。疲れたしぐさで水の入ったグラスを手にとり、ちびちび飲んだ。パンの柔らかい中身をこねくりまわして丸めると、皿の前に淡々と並べた。ぼくらのほうには視線を向けず、食事にすっかり気をとられているように見えた。母さんが大きなおくびを漏らしたので、みんなははっとして母さんを見た。食器を下げはじめていたプロテさえも手を止めた。けれど母さんは、なに食わぬ顔でふたたび水を飲み、パンのはしくれをむさぼった。こんな食べ方も、こんな態度も、母さんには似つかわしくない……。父さんは話しかけようとしたけれど、どうしたら母さんを刺激せずに話ができるかわからずとまどった。けれど、話しかけるまでもなかった。母さんがみずから話しはじめたから。ゆっくりとした落ち着いた声で。幼いぼくに寝る前、古い言い伝えを語ってくれたのとおなじ声で。

「七月五日にキガリに着いた。市《まち》はちょうどルワンダ愛国戦線《RPF》に解放されたばかりだった。道路沿いの地べたに死体が延々と並んでいた。ときおり銃声が聞こえてきた。ルワンダ愛国戦線《RPF》の兵士たちが、この三か月のあいだ人肉を食べ漁ってきた犬の群れを殺していたから。生き残った人たちは放心した目をして路上をさまよい歩いていた。わたしはウセビーの家まで行った。門は開いていた。敷地に足を踏み入れたとたん、引き返したくなった。鼻を突くにおいのせいで。でも、勇気を振りしぼって進んでいった。居間に三つの子どもの死体が転がっていた。四つめは——クリスチャンのは、廊下にあった。あの子だってわかったのは、カメルーンのサッカーチームのユニフォームを着てたから。

わたしはウセビーを捜しまわった。でも、手がかりはひとつもなかった。界隈ではだれも助けてくれなかった。孤立無援だった。たったひとりであの子たちを庭に埋葬しなければならなかった。あの家に一週間とどまった。ウセビーはきっと帰ってくるって自分に言い聞かせながら。でも、一向に姿をあらわさないから、パシフィックを捜しに行くことにした。ギタラマに向かったのはわかってた。なにはさておき、ジャンヌに会いに行ったはずだから。ジャンヌの実家に着くと、家は荒らされていた。だけど、ジャンヌと家族の姿はなかった。つぎの日、ルワンダ愛国戦線《RPF》の兵士からパシフィックが牢屋に入れられていることを聞いた。そこで牢屋に行った。だけど、弟に会わせてはもらえなかった。それから三日間、通いつめた。そして四日目の朝、看守のひとりに、牢屋の裏手にあるサッカー場とバナナ園との境に連れていかれた。ルワンダ愛国戦線《RPF》の兵士たちが監視の目を光らせていた。パシフィックはそこにいた。草むらに倒れていた。銃殺された直後だった。看守がことの次第を説明した――ギタラマに着いたパシフィックは、妻と義理の家族が自宅の庭で殺されているのを発見した。虐殺をまぬがれたツチ族の隣人が、手をかけたやつらをパシフィックに教えた。フツ族の一味で、まだ町にいた。パシフィックは町の中央広場で彼らを見つけた。そのなかのひとりは、ジャンヌの父親のカウボーイハットをかぶっていた。一味のなかの女は、パシフィックが婚約のときにジャンヌに贈った花柄のワンピースを着ていた。パシフィックはわれを忘れるほど逆上した。そして一味の四人に、弾倉が空になるまで銃を乱射した。彼はすぐに軍法会議にかけられ、死刑を言い渡された……。ブタレであなたたちのお祖母ちゃんとひいお祖母ちゃんに会ったとき、ほんとうのことは言えなかった。パシフィックは戦闘で亡くなったことにした。国のため、わたしたちのため、わたしたちが祖国に帰れるようにするため命を落としたことにした。おなじツチ族の手で殺されたなんて、あのふたりに言えるわけがない。とうてい受け入れがたいことだから。やがてザイールから来た知人が、ブカブ近くの難民キャンプでウセビーらしき人物を見たって教えてくれた。だからザイールへ向かい、一か月のあいだウセビーを捜した。先へ、先へと歩いて、難民キャンプをいくつもめぐった。ツチ族だと知れて、何度も殺されそうになった。そしてある日、奇跡としか言いようのないことだけど、ジャックが道端にいるわたしを見つけた。あのときはもう、ウセビーが見つかる見こみはないって、すっかりあきらめていた」

そこまで話すと、母さんは押し黙った。父さんは目をきつくつむって頭をのけぞらせた。アナは父さんの腕のなかで泣いた。ジャックは、グラスに並々と注いだウィスキーを飲みほすとつぶやいた。

「アフリカはもう、救いようがないな！」

ぼくは子ども部屋に駆けこみ、ドアを閉めた。

25

裸足で袋道を歩きまわったせいで、ぼくの足の裏にスナノミが寄生した。プロテが小さなスツールを運んできて、そこにぼくの踵を載せているあいだ、ドナシアンは針の先をライターの炎であぶった。

「泣くんじゃないぞ、ギャビー」彼は言った。

「泣くなんて、とんでもない。ガブリエル坊ちゃんは、もう一人前の男ですから！」プロテがやさしくぼくをからかった。

「そっとやってよ、ドナシアン！」赤味がかった針を手にして近づいてくるドナシアンに、ぼくは大声を出した。

ドナシアンは一発で皮膚の下から虫をとり出した。激痛だったけれど、なんとか耐えた。

「ずいぶんな大きさだ！　消毒しよう。これからは裸足でうろつかないように。家のなかでも！」

　ドナシアンが傷口に消毒薬をつけているあいだ、プロテはほかに虫がいないかどうかぼくの足を確かめた。ぼくは母親のようにかいがいしく世話を焼いてくれるこのふたりの男性をじっとながめた。彼らが住む地区では戦闘が激化していた。けれど、ほとんど毎日うちに働きにやってくる。不安や恐怖をおくびにも出さずに。

「カメンゲ地区では軍が住民を殺してるって、ほんとう？」ぼくはたずねた。

　ドナシアンはスツールにぼくの足をそっと下ろした。プロテがやってきて、ドナシアンのそばに座ると、腕を組み、空を旋回しているトビを見やった。ドナシアンは疲れの滲む声で言った。

「ああ、ほんとうだ。カメンゲ地区はブジュンブラの暴力の中心地だからな。毎夜、地区のどこかの家が焼き討ちに遭い、上空に立ちのぼる炎が見える。火柱があまりにも高くまで上がるものだから、もう星空も拝めない。みんな見上げるのが大好きだったあの星空も。そして朝になると、自分がまだ生きていることに、雄鶏が時を告げるのを耳にしていることに、山肌に射す朝の光を目にしていることに驚くんだ。わたしはもう、貧困から逃れるために両親が暮らすザイールを離れたときとおなじじゃない。わたしはここブジュンブラで、幸せの一角を見つけた。この市《まち》はわたしの市《まち》になった。カメンゲ地区で暮らした何年かがいちばん幸せだったよ。だが、当時は気づかなかった。いつも未来のことばかり考えていたから。明日が昨日よりよくなるようにと望んでいたから。幸せはバックミラーにしか映らない。過ぎ去ったあとでないとわからないものなんだ。だが、幸せはちゃんとあった。希望を打ち砕き、未来への展望をむなしさに変え、夢をしぼませる幸せは。わたしはみんなのために祈ったよ、ギャビー。できうるかぎり何度も祈った。祈れば祈るほど、神はわたしたちをお見捨てになった。そしてわたしは、ますます神の御力を信じた。神はわたしたちに試練をおあたえになったが、それはわたしたちの信仰の揺るぎなさをしめすためだ。おそらく神はわたしたちに、大いなる愛は信頼からつくられることを伝えようとなさっているのだろう。だから、世界の美しさを疑ってはいけない。それがたとえ、残虐非道な空の下に広がる世界であっても。雄鶏が時を告げる声や、山々の稜線を照らす陽の光に感動する心がなければ、みずからの魂のなかにある善良さを信じることができなければ、もう戦うことはできない。そうなれば、死んだも同然だ」

「明日になれば太陽は昇る。そしてまた、人は立ちあがる……」プロテが話を締めくくるように言った。

ぼくら三人が口をつぐみ、暗いもの思いに沈んでいると、ジノがやってきた。

「ギャビー、ちょっと来い！　見せたいものがある」
　ジノは勢いこんでそう言うと、ぼくの腕を引っ張ってスツールから立たせた。そして
ぼくの前を駆け出した。ぼくは無言のまま足を引きずってあとに続いた。懸命に袋道を
走り、ジノの家に着いたときにはすっかり息があがっていた。台所のテーブルにフラン
シスとアルマンが腰かけていた。ジノは冷蔵庫のほうへ向かった。居間からジノの父親
のタイプライターがカチャカチャ鳴る音が聞こえてきた。
「なあ、冷凍庫を開けてみろよ」ジノがぼくらを――アルマンとぼくを見て言った。
　フランシスが事情に通じているのは明らかだ。その証拠に、やつはジノに共犯めいた
目配せをした。いやな予感がした。アルマンが冷凍庫の取っ手を引いた。二つ並んだそ
れを見て、はじめ正体がわからなかった。ひとつ手にとってみて、仰天した。
「そんな、まさか！　手榴弾じゃないか！」
　ぼくは手にしていたものをすぐにもどし、冷凍庫の扉を閉めた。そして台所の反対側
の壁まであとずさった。
「手榴弾二つでいくらしたと思う？」ジノは興奮した口調でたずねると、答えを待たず
に説明した。「五千フランさ！　フランシスが〈負け知らず《サン・デフェット》〉のひとりと知り合いで、
そいつに言ったんだ。おれたちも自分たちの地区を守ってるって。そしたら、まけてく

れた。ふつうはこの倍もするらしい」

「でも、どうかしてるよ、ジノ。こんなとんでもないものを冷凍庫に入れとくなんて！」アルマンが言った。「頭、だいじょうぶか？」

「問題でもあんのか？」フランシスがアルマンの襟をぐいとつかんだ。

「だって、どうかしてるよ！」アルマンはたじろぎながらおなじ台詞を繰り返した。

「手榴弾を買って、冷凍の牛フィレのとなりに置いてるくせに、問題でもあんのか、って訊くのか？　問題ないわけ、ないだろ？」

「るせえな、アルマン。親父に聞こえちまう。溜まり場に行こう」

ジノが冷凍庫から手榴弾をとり出してビニール袋に突っこむと、みんなでフォルクスワーゲン・コンビに移動した。そして溜まり場にしているおんぼろ車に入るや、フランシスが袋から二個の手榴弾をとり出して、後部座席の下にある収納スペースに隠した。座席をもちあげたとき、ぼくは収納スペースに望遠鏡が入っていることに気がついた。

「なんでこれがここにある？」フランシスにたずねた。

「こいつを買いたがってる人がいるのさ。カネが手に入れば、カラシニコフが買えるだろ。ジャベ市場で中古のが売ってんだ」

「カラシニコフを買うのか？」アルマンが言った。「イラン製の核爆弾じゃなくて？」

「この望遠鏡はエコノモポロス夫人のものだ。盗んだのか？」

「ごちゃごちゃ言うな、ギャビー」フランシスは言った。「あんな婆あ、どうでもいいだろ。どうせぼろ家にガラクタ溜めこんでんだ。こいつがなくなったことすら気づかねえよ」

「すぐに返さなきゃ！　夫人はぼくの友人だ。友人のものが盗まれるのを黙って見てるわけにはいかない」

「おまえがどう思おうが知ったことじゃない」ジノが言った。「それにおまえだって、あの婆さんの庭のマンゴーをしこたま盗んだじゃないか。しかもそれを本人に売りつけた。おまえだってコケにしたんだよ、あのギリシャの婆さんを」

「それはだいぶ前の話だろ！　それに、マンゴーと望遠鏡はちがう……」

ぼくは望遠鏡をとり返そうとしたけれど、ジノに突き飛ばされた。もう一度突進すると、今度はフランシスに腕を背中で締めあげられた。

「放せ！　どっちにしたって、もうみんなとつるむ気はない。どうしたんだ、ジノ？　きみはすっかり変わってしまった。自分がやってること、わかってんのか？　いったいどうしたんだよ？」

声が震え、怒りで目に涙が浮かんだ。ジノはムッとして言った。

「ギャビー、これは戦争だ。この袋道を守らなきゃならない。守らなきゃ、殺される。いつになったらわかるんだ？　おまえだけ住んでる世界がちがうのか？」

「けど、ぼくらは子どもだろ？　だれもぼくらに戦えとは言ってない。盗めとも、敵をつくれとも」

「敵はすでにいる、フツ族が。あいつらは子どもだろうが容赦なく殺す。あの野蛮な連中は。あいつらがルワンダでおまえの親戚の子たちにしたこと、わかってんだろ？　おれたちは危険にさらされてる。自衛して反撃することを学ばなきゃならないんだ。袋道にあいつらが入ってきたらどうする？　マンゴーでもやるつもりか？」

「ぼくはフツでもツチでもない」ぼくは言った。「どっちだろうが、どうでもいい。みんなはぼくの友だちだ。それはぼくがみんなを好きだからであって、みんながフツだろうがツチだろうが、関係ない。そんな区別、どうでもいいんだよ！」

ぼくらが言い争いをしているあいだ、遠く丘のほうから装甲車ＡＭＸ‐10の砲撃音が聞こえてきた。戦いが長引くにつれ、ぼくは自分たちをとり巻く戦争の五線譜に記された音符のそれぞれを聞き分けられるようになっていた。夕刻、砲弾や銃弾の音が鳥のさえずりやイスラム教の礼拝時刻を告げる声とまじり合うことがあり、その不思議な音の世界を、ぼくはときに美しいとさえ感じていた。戦争を憎んでいるはずなのに。

26

母さんはルワンダから帰ってきたあと、ぼくらの家で暮らした。子ども部屋のぼくのベッドの足もとに置いたマットレスで眠り、テラスでぼんやり宙の一点を見つめて一日を過ごした。だれにも会おうとしなくなり、仕事に行く気力も失った。父さんは言った。母さんはたいへんな経験をしたから、立ち直るのに時間がかかるんだ。

朝は遅くまで寝ていて、起きるとすぐに浴室に閉じこもった。何時間も水が流れる音がした。それからテラスの長椅子に行き、そのままずっと座っていた。おなじ姿勢のまま、軒にできたスズメバチの巣を凝視していた。だれかがそばを通りかかると、ビールをもってきてと頼んだ。ぼくらと食事をするのを拒んだ。アナが食べものを用意して、母さんの前にあるスツールに置いた。母さんは食べるのではなく、ついばんだ。夜になっても暗闇のなか、いつまでもひとりでテラスにいた。床につくのは遅く、みんながとっくに寝たあとだった。ぼくはそんな母さんを受け入れることにした。そんな母さんのなかに、かつての母さんの面影を探すのはやめにした。大虐殺《ジェノサイド》は海に流れ出た重油のようなものだ。たとえそこで溺れ死なずにすんでも、身体にまとわりついた油は、一生かかっても落とせない。

ぼくはときどき、エコノモポロス夫人の家から本の山を抱えて帰ってきて、母さんのとなりに座った。母さんに本を読ませたかったから。失われた過去の暮らしを思い出させるような楽しすぎる話は注意深く避けた。母さんの悲しみを——母さんの心の底にたまった澱《おり》をかきまわしてしまうような悲しすぎる話も。ぼくが母さんのかたわらで本を閉じると、母さんはぼくを見た。空っぽのまなざしで、知らない人を見るみたいに。ぼくは逃げるようにテラスをあとにした。母さんの瞳の奥に広がる洞《うろ》を目にして、背筋を冷たくしながら。

ある晩遅く、母さんは子ども部屋に入ってきて椅子の脚にぶつかった。ぼくはその音で目が覚めた。闇のなかで母さんのシルエットがよろめくのが見えた。母さんはアナのそばまで行こうと手探りした。そしてベッドの近くまで行き着くと、アナに身を寄せて小声で話しかけた。

「アナ？」

「なに、ママ？」

「寝てた？」

「うん、寝てた……」

母さんは酔っ払い特有の、歯切れの悪いくぐもった声でつづけた。

「わたしのかわいいアナ、大好きよ。知ってた？」

「うん、ママ。わたしもママのこと大好き」

「向こうにいるあいだ、アナのことを考えた。アナのことをずっと考えてたの」

「わたしもよ、ママ。ママのこと、ずっと考えてた」

「ウセビー叔母さんの女の子たちのことはどう？　あの子たちのこと、考えた？　一緒に遊んだ、あのやさしい女の子たちのことは？」

「うん、考えた」

「ならいい、ならいいの……」

それから、短い沈黙をはさんで言った。

「あの子たちのこと、憶えてる？」

「うん」

「ウセビー叔母さんの家に着いたとき、まっさきに見つけたのはあの子たちよ。居間の床に横たわってた。三か月前からずっと。ねえ、アナ、どんなふうになるか、知ってる？　死んだ身体が三か月経つと、どうなるか」

「……」

「もう人間じゃなくなる。腐敗物でしかなくなる。抱きかかえようとしたけど、できなかった。つかんでも、ぐにゃりと溶け出してしまうから。かき集めるしかなかった。ひとつひとつ、あの子たちの切れはしを。あの子たちはいま、庭にいる。あなたたちがよく遊んでいたあの庭に。ブランコがぶらさがっていたあの木の下に。庭で遊んだこと、憶えてる？　答えなさい。憶えてるって言いなさい。さあ、言いなさい」

「う、うん、憶えてる」

「だけど、家のなかの床には、あの四つの染みが残ってた。大きな染みが残ってた。三か月のあいだ、あの子たちがいた場所に。水で濡らしたスポンジでこすった。何度も何度もこすった。だけど、染みはとれなかった。水が足りなかった。近所をまわって、水を手に入れなければならなかった。だから、家々に足を運んだ。あそこにはけっして足を踏み入れてはいけなかったのに。人生にはぜったいに目にしてはいけないものがある。ほんのわずかな水を得るために、わたしはそれを目にしてしまった。バケツがようやく満たされると、家にもどってスポンジでこすりつづけた。爪で床を引っかいた。だけど、セメントにあの子たちの肌や血がこびりついていた。わたしの身体にはあの子たちのにおいが染みついている。このにおいは、この先も消えない。懸命に身体を洗ったけれど、汚れは消えない。わたしは汚れたままで、あの子たちの死のにおいを嗅いでいる。四六時中ずっと。居間にある三つの染み——あれはクリステル、クリスティアンヌ、クリスティーヌ。そして廊下についた染み——あれはクリスチャン。あの子たちの痕跡をなんとしてでもとりのぞかなければならなかった。ウセビー叔母さんが帰ってくる前に、なんとしても。だって、わかるでしょ、わたしのかわいいアナ、母親がわが家でわが子の血を目にしてはいけないから。だから、こすった。何度も何度もあの染みを。けっして消えないあの染みを。染みはセメントに、石に、こびりついていた、あの染みは……。大好きよ、わたしのかわいいアナ……」

それから母さんはアナに覆いかぶさるようにして、この恐ろしい話を延々と繰り返した。声をひそめて、息をあえがせて。ぼくは枕に顔をきつく押しあてた。なにも知りたくない。なにも聞きたくない。ねずみの巣穴で丸くなっていたい。地中の穴に逃げこみたい。袋道のはしっこにとどまって、世界から身を守りたい。美しい思い出のなかに溶けてしまいたい。やさしい物語のなかで暮らしたい。本の世界に、閉じこもっていたい。

翌朝、昇ったばかりの太陽が壁のタイルをまぶしく照らした。まだ六時にもなっていないのに、すでにものすごく暑かった。こんな朝は日中ひどい嵐に見舞われることが多い。母さんの大きな寝息が響いていた。目を開けると、アナのマットレスで寝ている母さんが見えた。両足をベッドの外に飛び出させ、色のあせた巻きスカートをはき、薄茶色のシャツを着て。アナを揺すって起こした。アナは疲れはてていた。ぼくらは眠い目をこすり、なんとか学校に行く支度をした。ひと言もしゃべらなかった。ぼくは前夜の話はなにも聞かなかったふりをした。父さんがぼくらを学校に送っていく時間になっても、母さんはまだ眠っていた。

学校から帰ってくると、母さんはテラスにいて、スズメバチの巣を見つめていた。赤い目をして、髪は結わずにばさばさだった。真向かいに置かれたスツールにビールの入ったグラスが置いてあり、そのなかで気泡が立ちのぼっているのが見えた。帰ったよ。ぼくは声をかけた。もとより返事は期待せずに。

ぼくらはいつもより早めに夕食をとった。嵐が来そうな不穏な空だった。耐え難いほど暑く、大気がじっとり湿り気を帯びている。父さんとぼくは上半身裸だった。ぼくはテーブルの上のスープ皿の横で、血をたらふく吸った蚊を何匹も潰した。家の上空をコウモリが飛んでいる音がする。コウモリたちは毎夕、市中心部のカポックの木からタンガニーカ湖のまわりに生えているパパイヤの木に夜襲をかけに移動する。アナは立ったまま、こっくりこっくり頭を揺らしはじめた。前夜の睡眠不足で疲れ切っているのだ。居間のガラス張りの扉の向こうに広がる闇のなかに、テラスの長椅子にじっと座る母さんの打ち沈んだシルエットが見えた。

「ギャビー、外の灯りをつけてくれ」父さんが言った。

父さんがときどき母さんにしめす小さな気遣いに、ぼくの胸は温もりにつつまれる。父さんがいまでも母さんを愛しているとわかるから。ぼくはスイッチを入れた。すぐに灯りがちかちかと瞬き、母さんの顔が闇に浮かびあがった。表情の失われた母さんの顔が。

嵐は夜半に襲来し、土砂降りの雨がトタン屋根を叩いた。穴ぼこの空いた袋道は巨大な沼地に変わり、雨水が排水溝や側溝をのみこんだ。稲光が空に縞模様をつけ、ぼくらの部屋を照らし、アナのベッドにいる母さんのシルエットを映し出した。母さんはアナを揺り起こして、あの床の染みの話を繰り返していた。くぐもった陰鬱な声が響き、母さんの吐く酒臭い息が、部屋を横切ってぼくのベッドまで漂ってきた。アナが質問に答えないと、母さんはアナを乱暴に揺すった。そしてそのあと口ごもりながら、耳もとでやさしい言葉をかけて謝った。外では地中から這い出してきた羽根アリの軍団が、白い蛍光灯のまわりを狂ったように飛び交っていた。

ぼくらは生きていて、彼らは死んでいる。その事実を認めることが母さんには耐えられなかった。狂っているのは、母さんというよりぼくらをとり囲むこの世界のほうだ。ぼくはけっして母さんに腹を立てていたわけじゃない。けれど、アナが心配だった。アナはいまでは夜な夜な、母さんの悪夢の地をめぐる旅の道連れにされていた。アナを救わなければ。ぼくらを救わなければ。母さんには出ていってもらうしかない。ぼくらにかまわないでほしい。母さんが体験した恐怖にぼくらを巻きこまないでほしい。ぼくらがまだ夢を見て、人生に希望を抱けるように。ぼくにはわからなかった。なぜぼくらが犠牲にならなければならないのだろう。なぜ、ぼくらもまた。

ぼくは父さんに説明した。嘘をつき、母さんの乱暴な言動を大袈裟に報告した。父さんに行動を起こしてもらいたかったから。父さんは激怒し、母さんに話をつけに行った。口論は怒鳴り合いに変わった。母さんはこのときばかりは意外なエネルギーを発揮した。気力をすっかり失ったと思われていたのに、猛り狂い、口角泡を飛ばし、かっと目を見開いた。わけのわからないことを口走り、さまざまな言語でぼくらをののしった。そしてフランス人を、大虐殺《ジェノサイド》を引き起こした張本人だと非難した。アナに駆け寄り、その身体をむんずとつかむと、ヤシの木を揺するように振り動かした。

「あなたは母親のこと、愛してないのね！　このフランス人ふたりの、家族を殺したやつらの肩をもつつもりなのね！」

父さんは母さんの手からアナを引き離そうとした。アナは恐怖に慄いていた。母さんの爪がアナの身体に食いこみ、皮膚が裂けた。

「ギャビー、力を貸せ！」父さんが叫んだ。

ぼくは石のように固まって動けなかった。父さんは母さんの指を一本一本引きはがしにかかった。ようやくアナが自由になると、母さんはくるりと後ろを向き、ローテーブルに置いてあった灰皿をつかんでアナの顔に投げつけた。眉弓がぱっくり割れて血が流れ出した。ぼくらは一瞬呆然としたあと、狼狽した。すぐに父さんがアナを車に乗せ、救急病院へと飛び出していった。ぼくのほうはフォルクスワーゲン・コンビに逃げこんだ。そして夜になるまでそこにいた。家にもどると、母さんの姿は消えていた。父さんとジャックはその後何日も市内を駆けずりまわって母さんを捜した。親族、友人、病院、警察署、死体安置所に電話した。けれど、手がかりはなかった。ぼくは罪悪感に襲われた。母さんに出ていってほしいと願ったから。ぼくはなんて卑怯で、なんて身勝手な人間なんだろう。なにしろ自分ひとりの幸せの砦と、自分ひとりの穢《けが》れない小さな聖堂を築いていたのだから。ぼくは人生が無傷のままであってほしかった。けれど母さんは、みずからの人生を危険にさらしても、大切な人たちを捜しに地獄の入り口まで赴いた。

アナとぼくのためにも、母さんはおなじことをしただろう。けっして尻ごみせずに。それはわかっている。ぼくは母さんを愛している。そして母さんは、姿を消してしまった。傷を抱えて。ぼくらに傷を残して。

27

クリスチャンへ

復活祭の休暇にきみが来るのを待ってたよ。きみのベッドはぼくのベッドのとなりに用意した。そばの壁には何枚か、サッカー選手のポスターをはった。服やサッカーボールを入れられるように、クロゼットにはきみのための場所をこしらえた。きみを迎える準備はできていた。

けれど、きみは来なかった。

時間がなくてきみに言えなかったことがたくさんある。たとえば、ロールのこと。まだ一度も話してなかったよね。ロールはぼくの婚約者だ。向こうはまだ知らないけれど。でも、結婚を申しこむつもりだったんだ。もうほんの少ししたら。世の中が平和になったら。ロールとは手紙で話してる。エアメールで。紙のコウノトリがアフリカとヨーロッパのあいだを行ったり来たりしてるってわけさ。女の子を好きになったのははじめてだ。不思議な感覚だ。おなかがカッと熱をもってるような感じがする。仲間には言えない。からかわれるだろうから。幽霊に恋してるって言われそうだから。なにしろ、まだ一度も会ったことがないんだ、その子には。だけど、自分の気持ちを確かめるのに、わざわざ会う必要はない。手紙だけでじゅうぶんだ。

手紙を書くのに手間取ってしまったね。でも、このところ忙しかったんだ、子どものままでいることに。仲間たちが心配だ。やつらは毎日少しずつ遠い存在になっている。大人のいざこざに首を突っこんで言い合いをし、敵を、戦う理由を、作り出している。ぼくとアナにむずかしい政治の話に関心をもつのを禁じた父さんは、まちがってはいなかった。その父さんは、このところ疲れてる。ぼうっとしてるし、よそよそしい。ぶ厚い鉄のよろいを作って着こんでるみたいだ。そうやって、降りかかる悪をはね返そうとしてるんだろう。だけど父さんは、ほんとはやさしくて甘い。熟し切ったグアバに負けないぐらい。

結局母さんは、きみの家からもどってはこなかった。たましいを、きみの家の庭に置いてきた。心がくだけ散ってしまったんだ。正気を失ってしまったんだ。きみの命をうばったこの世界とおんなじに。

手紙を書くのに手間取ってしまったね。このところぼくは、いろんな声があれこれ言うのを聞いていた……。ラジオは、ナイジェリアの代表チームが――きみが応援してたチームが――アフリカネイションズカップで優勝したって言っていた。ひいおばあちゃんは、愛する人を想いつづけるかぎり、その人はけっして死なないって言っていた。父さんは、人類が戦争をやめた日には、熱帯地方に雪が降るだろうって言っていた。エコノモポロス夫人は、言葉は現実よりも真実だって言っていた。生物の先生は、地球は丸いって言っていた。仲間たちは、どっちか陣営を選ばなきゃならないって言っていた。母さんは、きみは永遠に眠ってるって言っていた。お気に入りのサッカーチームのユニフォームを着て。

そしてクリスチャン、きみはもう、なんにも言ってはくれない。

ギャビー

28

テラスのタイル張りの床に寝そべって、アナが絵を描いている。散らばるサインペンや色鉛筆のそばで、火にのまれる町、武器をもつ兵士たち、血塗られた鉈《マチエーテ》、引き裂かれた旗が描かれてゆく。クレープのにおいが漂ってきた。ラジオを大音量で聴きながら、プロテが料理をつくっているのだ。飼い犬はぼくの足もとでのんびり居眠りしていた。ときたま目を覚ましては、自分の片脚を猛烈な勢いで噛んでいる。犬の鼻先を緑色のハエたちが飛びまわっている。ぼくは母さんがいつも座っていたテラスの長椅子に身を落ち着けて、エコノモポロス夫人から借りてきたアンリ・ボスコの『少年と川』を読んでいた。そのとき不意に、門扉の鉄の鎖がはずされる音がした。立ちあがると、男が五人、テラスに通じる小道を歩いてくるのが見えた。なかにひとり、カラシニコフをたずさえている男がいる。その男がぼくらに銃身を振りながら言った。家から出ろ。プロテが両手を上げたので、ぼくとアナもそれに倣《なら》った。つづいて男たちは命令した。頭の後ろに両手をあてててひざまずけ。

「この家のあるじは？」カラシニコフの男が訊いた。

「国の北部に出かけています。数日の予定で」プロテが答えた。

男たちがぼくらをねめつける。みんな若い。見知った顔もある。雑貨屋ですれちがったにちがいない。

「フツ族のおまえ。おまえはどこに住んでるんだ？」おなじ男がプロテにたずねた。

「この敷地内です。一か月前から」プロテは言った。「家族はザイールに遣りました。危なくなってきたので。わたしはあそこで寝泊まりしています」

プロテは庭の奥にあるトタン板の小屋を指さした。

「この地区にフツがいてもらっちゃ困る」男は言った。「わかったな？　日中ここで働くのは大目に見るが、夜は自宅にもどれ」

「住んでる地区にもどるわけにはいかないんです、大将。家が焼けてしまって」

「ぐちゃぐちゃ言うな。生かしてもらってるだけでもありがたく思え。おまえの雇い主はフランス人だ。どうやらそいつもほかのフランス人とおんなじで、フツのやつらがお気に入りのようだな。だが、ここはルワンダとはちがう。フランス人に勝手はさせねえ。決めるのはおれたちだ」

男はプロテに近づくと、銃の筒先を口に突っこんだ。

「週末までにこの地区から出ていけ。出ていかないと、ぶっ殺す。ガキどもはいいか、親父に伝えろ。おまえらフランス人にブルンジにいてほしくないとな。連中はルワンダでおれたちツチ族を殺したんだから」

男はぼくらに唾を吐きかけると、プロテの口から銃身を抜いた。そして残りのメンバーに頭を振り、行くぞと合図した。男たちが敷地から出ていったあともしばらく、ぼくらは地面にひざまずいていた。それからようやく立ちあがると、テラスの階段に座った。プロテは無言のまま、打ちひしがれた目でじっと地面を見つめていた。アナはお絵かきを再開した。まるでなにごともなかったかのように。やがて顔を上げてぼくを見た。

「ねえ、ギャビー、ママはなぜ、あたしたちのこと責めるんだろう？ ルワンダにいるあたしたちの親戚を殺したって」

ぼくは妹の問いに答えることができなかった。人びとの死や憎しみについて説明することができなかった。戦争とはたぶん、そういうものなのだろう。理解の範疇を超えているのだ。

ときおりロールのことを考えた。彼女に手紙を書きたかった。けれど、あきらめた。ぼくなんと言ったらいいのかわからなかったし、すべてがあまりにも混乱していたから。ぼくはものごとが少しでもよい方向に進むのを待った。ちょっとでも改善に向かえば、以前のように長い手紙のなかですべてを語り、ロールを笑わせることもできるだろう。けれど、いまこの国は、舌をべろりと垂らして尖った小石の上を歩くゾンビそのものだ。そこに住む人びとは、いつ死んでもおかしくないという感覚を手なずけながら生きている。死はもはや遠く離れた観念上のものごとではなく、ありふれた日常の姿をしていた。そして、そんなふうに死の悟りを抱えて生きていれば、自分のなかにある子どもらしさが損なわれることになる。

ブジュンブラでは〈死の市《まち》作戦〉の回数が増えた。夕暮れから夜明けまで、地区内で爆発音が響きわたった。丘の上空に盛大に煙を立ちのぼらせる火事の炎で、夜が赤く染まった。人びとは機銃掃射とその音にすっかり慣れっこになってしまい、窓際を避けて廊下で寝ることもなくなった。ぼくはベッドに横になりながら、空を行き交う曳光弾のショーに見入ったものだ。べつの時、べつの場所であれば、流れ星を目にしていると思っただろう。

銃弾や砲弾の音よりも、静けさのほうが怖かった。静けさは刃物による暴力や夜襲を煽り、人はそうした攻撃が自分に向かってくるのに気づかない。恐怖がぼくの脊髄で身を丸め、かたくなに居座った。ときどきぼくは、寒さに凍える濡れた小犬のように震えたものだ。自分の殻に閉じこもり、袋道を歩きまわることもなくなった。たまに通りを大急ぎで横切ることはあったけれど、それはエコノモポロス夫人に新しい本を借りに行くためだった。本を手にすると、ぼくはすぐさま想像の塹壕に舞いもどった。ベッドのなかに身を潜め、物語のなかにもっとましなべつの現実を探した。本は――ぼくの友だちは、ぼくの日常をふたたび光で彩ってくれた。ぼくは自分に言い聞かせた。いつか戦争は終わる。そのときぼくは、本のページから目を上げ、ベッドを抜け出して部屋の外に出るだろう。母さんはもどってくるだろう。花柄のきれいなワンピースを着た母さんは、父さんの肩に頭をあずけるだろう。アナはふたたび画用紙に、煙を吐き出している煙突をそなえた赤レンガの家と庭と果物の実った木々と、光輝く大きな太陽を描くだろう。仲間は以前のようにムハ川に遊びに行こうとぼくを誘いに来るだろう。そして、バナナの木でつくった筏《いかだ》でターコイズブルーのタンガニーカ湖まで川を下り、一日の終わりをビーチで笑いふざけて過ごすのだ、子どもみたいに。

ぼくがどんなに望んでも、現実はぼくの夢を執拗に阻みつづけた。世界とその暴力が、毎日少しずつ結託を強めていた。中立ではいられないと仲間が決めたその日から、ぼくらの袋道は、ぼくが望む安らぎの避難所ではなくなった。そしてぼくは、ベッドの塹壕にじっと身を潜めていたけれど、結局は仲間とほかのすべての者たちの手によって、外の世界に引きずり出されることになった。

29

市《まち》は死んだ。ギャング団が幹線道路を封鎖し、憎しみが大手を振ってのし歩いた。ブジュンブラのあらたな暗黒の一日がはじまった。さらにもう一日。ぼくらは自宅にいろと命じられた。自宅に閉じこもっていろと。噂によると、市内をくまなくめぐって警戒にあたっている若いツチ族のギャングたちの怒りがさらにヒートアップしたらしい。前日、フツ族の暴徒がツチ族の学生たちをガソリンスタンドで焼き殺す事件が奥地で発生したからだ。ツチ族のギャング団は、外を出歩こうとしたフツ族すべてに報復することにした。父さんはすでに数日分の蓄えを用意していた。住民もめいめい、長い一日を自宅で何日も乗り切る準備をした。ぼくはエコノモポロス夫人の家からどっさり本を借りてきた。そしてベッドに逃げこんで物語に没頭する前に喉を潤そうと、発酵乳を大きなグラスに注いでいたちょうどそのとき、ジノが勝手口のドアを小さくノックした。

「なにやってんだ？」ドアを開けながら小声で言った。「こんな日に外に出るなんて、どうかしてるよ」

「そうすぐにびびるなよ、ギャビー。ちょっと来い。たいへんなことになった」

ジノはそれ以上なにも言わなかった。ぼくはしかたなく急いで靴を履いた。父さんの部屋から父さんとアナの笑い声が聞こえてくる。アニメを観ているのだろう。ぼくはそっと外に抜け出すと、矢のように走るジノのあとを追いかけた。近道をして柵を越え、国際高校《リセ・アンテルナショナル》のサッカー場を横切った。金網の破けた穴をくぐってジノの家の敷地に入りこみ、庭を突っ切った。ジノの父親がオリベッティのキーを叩く音が響いてくる。門扉を乗り越え、右に曲がり、袋道の行き止まりを目指す。袋道はがらんとしている。坂道をどんどん上る。人影ひとつ見あたらない。シャッターを下ろした雑貨屋の前を通りすぎる。つぎは酒場。左に曲がって空き地に出た。雑草がのびたせいで、通りからはもうフォルクスワーゲン・コンビは見えない。

溜まり場にしている廃車のドアを開ける直前、胸騒ぎがした。心のなかでなにかがぼくにささやいた。まわれ右して家へ帰れ。家へ帰って、本の世界に逃げこめ。けれど、ジノはぼくに考える間をあたえずに車のドアをスライドさせた。

フォルクスワーゲン・コンビの埃っぽい座席の上でアルマンが悲しみに打ちのめされていた。服が血で汚れている。泣きじゃくるたびに、胸が大きく上下する。身体がびくっ、びくっと痙攣し、その合間に甲高い泣き声があがる。ジノは眉間に皺を寄せて、ぎりぎりと歯嚙みした。怒りで身体が小刻みに震え、鼻の穴が膨らんだ。「アルマンの父親が待ち伏せされて襲われた。昨日の夕方、この袋道で。アルマンはさっき病院からもどってきた。助からなかった。亡くなったんだ」

ぼくは膝が震えて立っていられず、助手席のヘッドレストにしがみついた。頭がくらくらした。ジノは険しい顔をして車外に出ると、雨水がよどんでいる古タイヤに腰を下ろし、両手で顔を覆った。ぼくはしゃくりあげているアルマンを呆然と見ていた。服についている血は父親のものなのだろう。怖がっていたのとおなじくらい尊敬もしていた、あの父親の。彼らはアルマンの父を殺しにぼくらの袋道にやってきた。ぼくらの安らぎの避難所に。ぼくのなかに残っていたわずかな希望が消え去った。この国全体に死の罠が仕掛けられている。ぼくは、火を放たれたサバンナで狂ったように逃げまどう動物にでもなった気がした。最後の差し錠が吹き飛んだ。戦争が、ぼくらの家にまで入りこんできた。

「だれのしわざだ？」

そうたずねると、アルマンは敵意をむき出しにした目でぼくを見た。

「フツのやつらだ、決まってんだろ！　ほかにだれがいるってんだ？　あいつら、襲撃しようとちゃんと準備してたんだ。何時間も家の門の前で待ってたんだ。野菜の入った籠を手に。ブガラマから来た野菜売りのふりをして。そして家の前で父さんを刺し、そのままゆっくり立ち去った。冗談を言いながら。ぼくはその場にいた。ぜんぶこの目で見たんだ」

アルマンはふたたび泣きじゃくりはじめた。ジノは立ちあがると、フォルクスワーゲン・コンビの車体をこぶしでがんがん殴りはじめた。そして怒りに顔を真っ赤にしながら鉄の棒を手にすると、フロントガラスとサイドミラーを叩き割った。ぼくはただ見ているだけだった。呆然と身をすくませて。

フランシスがやってきた。厳しい顔をして、バンダナをトゥパック・シャクール風に巻いている。やつは言った。

「ちょっと来い。みんなが待ってる」

ジノとアルマンはなにも言わずにフランシスにつきしたがった。

「どこに行く？」ぼくはたずねた。

「この地区を守るんだ、ギャビー」アルマンが手の甲で鼻水をぬぐいながら言った。

なんでもないときなら、道を引き返し、ついては行かなかっただろう。けれど、戦争はいまやぼくらの家にまで侵入し、じかにぼくらを脅していた。ぼくらと、ぼくらの家族を。アルマンの父が殺されたことで、選びようがなくなった。ジノとフランシスにはこれまでさんざん責められてきた。いま起こっているあれこれの問題を、おまえは他人事《ひとごと》にしようとしていると。けれど、起こった出来事がジノとフランシスの正しさを証明することになった。死が、ぼくらの袋道にまでこっそり忍びこんできたのだから。この世に安全な逃げ場はひとつもない。ぼくはここで、この市《まち》で、この国で暮らしている。もうほかにしようがない。ぼくは、仲間とともに歩き進んだ。

　袋道は静まり返っていて、ぼくらの靴の下で軋る砂利の音しか聞こえなかった。住民は巣穴の奥に身を潜ませるヒキガエルみたいに自宅に引きこもっていた。風はそよとも吹かず、自然は沈黙を守っていた。道の先にタクシーが一台、エンジンをかけたまま待っていた。フランシスが乗れと合図した。タクシーの運転手は、左頬に切り傷のあるサングラスをかけた男で、大麻を吸っていた。フランシスはラスタ（ジャマイカの黒人によるアフリカ回帰を唱えた宗教思想運動〈ラスタファリ〉の信奉者）がするように、こぶしとこぶしをぶつけ合って運転手にあいさつした。車がゆっくり走り出す。けれど、数メートル行ったところ、ムハ橋の袂《たもと》でとまった。そこにはこの地区でいちばん大きいバリケードが築かれていて、〈負け知らず《サン・デフェット》〉の若いギャングたちが見張っていた。道をさえぎるように渡した有刺鉄線の向こうでタイヤが燃えている。立ちこめる黒い煙のせいで、橋のまんなかでなにが起きているのか、ぼんやりとしか見えない。若者の一団が雄叫びをあげながら、地面に横たわる黒いかたまりに野球のバットを何度も何度も振りおろし、大きな石を投げつけている。かたまりはじっと動かない。若者たちは楽しいゲームに興じているみたいに見えた。やがてギャングの一部がぼくらに気づいてやってきた。フランシスはやってきたメンバー全員をファーストネームで呼んだ。そのなかに、カラシニコフの男がいるのに気がついた。家に押しかけてきて、ぼくらに銃口を向けたあの男だ。男はぼくらを――ジノとぼくをみとめると、言った。

「こいつらがなぜここに？　このふたりは白人だろ？」

「だいじょうぶっす、リーダー。ふたりはこっちの味方だから。母親がツチなんで」フランシスは請け合った。

男はうたぐり深い目でぼくとジノを値踏みするように見て、一瞬ためらった。そしてほかのメンバーにいくつか指示を出すと、車の後部座席にいるぼくらのとなりに乗りこんだ。もっていたカラシニコフは股ぐらにはさんだ。弾倉にマンデラとキング牧師とガンジーのシールが貼ってあった。

「車を出せ！」男は窓から腕を出し、車のドアを外側から叩いて運転手に合図した。

若いメンバーが道路に渡した有刺鉄線をどかすと、車はアスファルトの路面のあちこちに置かれた石を慎重によけながら走行した。燃えた合成樹脂のにおいに目が刺されるように痛み、ぼくらは咳きこんだ。橋の上で騒いでいた一団のそばまで来ると、カラシニコフの男が運転手に、車をとめろと言った。浮かれ騒いでいるギャング団のメンバーたちがさっと道を開けた瞬間、背筋に震えが走った。メンバーたちの足もと、熱くタール状になった道の上に瀕死のアッティラが横たわっている。ヴァン・ゴッツェンさんの黒い馬、アッティラが。馬は嵐の夜、ぼくらがその影を目撃したのとおなじ場所にいた。脚が折れ、身体には傷跡が何本もの血の縞模様となってついている。若者たちが馬を相手にうっぷん晴らしをしたのだろう。馬は頭をもたげてぼくを見た。残っている片方の目で、すがるように。カラシニコフの男が銃身を窓の外に突き出すと、若者たちがすかさず周囲に散らばった。男は言った。「もうそのくらいにしろ！」そしてつぎの瞬間、銃を連射した。ぼくはぎくりと肩を震わせ、アルマンはぼくの半ズボンをぎゅっとつかんだ。車がふたたび走りはじめた。その日いちばんの楽しみを奪われて、落胆の色を隠せない若者たちの視線を浴びながら。

カボンド地区に入ると、車は川沿いをのびるでこぼこ道を進んだ。

「おまえが昨夜殺された大使の息子か？」カラシニコフの男が訊いた。

アルマンは男から視線をそらしたままうなずいた。やがてタクシーは、川を見下ろしてそびえ立つ紅土《ラテライト》の岬の上、カポックの木の大木にとり囲まれた場所に到着した。車を降りると、そこにはすでにカボンド地区の若者が集まっていた。ぼくがこれまでやさしい穏やかな学生だと思っていた良家の子たちもいて、棒と小石で武装していた。そのそばで、男がひとり、地面に倒れていた。ひどい暴行を受けていて、顔と服にこびりついている紅色の土が、脳天の傷から流れ出して固まった血とまじっている。

カラシニコフの男――ほかのメンバーは彼をクラプトンと呼んでいた――が、アルマンの腕を引っ張りながら地面の男を見て言った。

「このフツがおまえの親父を殺した賊のひとりだ」

アルマンは微動だにしなかった。クラプトンがフツ族の男を殴りはじめると、ほかの者もそれにつづき、殴打の雨が男を襲った。ジノとフランシスも興奮に駆られて暴行に加わった。ちょうどそのとき、オートバイが一台、猛スピードでやってきて、フルフェイスのヘルメットをかぶったふたり組が降りてきた。

「ボスが来た」クラプトンの言葉に、全員がはっと殴るのをやめた。

フランシスはアルマンとぼくに向き直り、誇らしげに胸を張った。

「いいか、よく見ろ、あれが〈負け知らず《サン・デフェット》〉のボスだ！　腰抜かすんじゃねえぞ！」

オートバイの後部座席に乗ってきた男がヘルメットを脱ぎ、運転手に手渡した。彼は、

〈死の市《まち》作戦〉が実行されている昼ひなかに、手下の若者たちのなかに、殴り倒されたフツ族の男のそばに、ぼくの姿をみとめてきっと目を疑ったはずだ、イノサンは。彼はほほえんだ。

「これはこれは、ギャビーじゃないか。こんなところで会えるとは、感激だな」

ぼくは答えない。突っ立ったまま、奥歯を嚙み、両のこぶしを握りしめている。

ギャングの若者たちが地面に倒れていた男を後ろ手に縛りあげた。男が必死に抵抗したので、数人がかりで押さえつけなければならなかった。そのどさくさで、男のポケットから身分証が滑り出て、砂のなかに落ちた。ギャングたちは男を縛り終えると、タクシーの車内に運びこんだ。頰に傷のある運転手が、トランクからガソリンの入った容器を取り出した。そして中身を座席とボンネットに撒き、車のドアをすべて閉めた。フツ族の男は激しい恐怖に駆られて絶叫し、命乞いをした。イノサンがポケットからライターを出した。ジャックのジッポーだ。内戦がはじまる少し前、ぼくの誕生パーティーで盗まれたライターだ。鹿が彫られた、ジャックの銀のライターだ。イノサンはライターに火を灯すと、アルマンに差し出した。

「親父の仇《かたき》を討つチャンスだぞ……」

アルマンは恐ろしいほど顔をゆがめてあとずさり、かぶりを振った。クラプトンがイノサンに駆け寄った。

「それよりボス、あのフランス人のガキに、あいつがまちがいなくおれたちの仲間だってことを証明してもらったらどうですか？」

イノサンはにやりとした。なぜこの手を思いつかなかったんだという驚きの色を滲ませて。そして、火のついたジッポーを手にして近づいてきた。こめかみと心臓が狂ったように脈打った。ぼくは頭を右に左に振って、助けを求めた。集団のなかに、ジノとフランシスを捜した。ふたりと目が合った。けれどほかの人たちと同様、その顔は殺気立っていた。イノサンはぼくの手にライターを握らせると、言った。投げろ。タクシーのなかの男がぼくを見た。すがるようなまなざしで。耳の奥で血がざあざあ流れる音がする。すべてが混乱にのみこまれていく。ギャングの若者たちがぼくを小突き、叩き、顔のそばでがなり立てる。遠くからジノとフランシスの声が、野獣の叫びが、興奮した憎しみの怒声が響いてくる。クラプトンが、おまえの親父と妹がどうのこうのと言っている。けれど、殺せと責め立てるわめき声にかき消されて、クラプトンの脅しの言葉はよく聞こえない。イノサンがいら立った声で吐き捨てた。どうせこいつにはできっこねえ。袋道に行って、この手でこいつの家族の始末をつけてやる。脳裏に父さんとアナの姿が浮かんだ。テレビの前のベッドに寝そべってくつろいでいるふたりの姿が。罪のないふたりの姿が。奈落の淵を頼りない足どりで懸命に歩く、この世界に暮らす罪のない人びとの姿が。ぼくは胸がえぐられた。罪のない人びとを思って。自分自身を思って。激しい恐怖のせいでゆがんでしまった、まっすぐな心を思って。恐怖はあらゆるものを、悪と憎しみと死に変える。すべてをのみこみ破壊する溶岩に変える。ぼくをとり巻く世界の輪郭がぼやけ、怒号が一段と大きくなる。タクシーのなかの男は瀕死の馬だ。この世に逃げ場がないのなら、どこかよそにはあるのだろうか？

ぼくはジッポーを投げた。車が炎につつまれる。空に向かって大きな炎が上がり、カポックの木の高い枝を舐めまわす。梢の上から煙がたなびき、男の絶叫が大気を破る。ぼくは履いていた靴に嘔吐した。ぼくの背中を叩いて祝福するジノとフランシスの声が聞こえてくる。アルマンは泣いていた。土埃が舞うなか、胎児のように身を丸めて。みんながその場から立ち去ったあともずっと。ぼくらふたりは燃えた車の残骸の前にとり残された。周囲は静けさに満ち、穏やかとさえいえる気配につつまれていた。岬の下方に川が流れ、夜の闇が降りようとしていた。ぼくはアルマンが立ちあがるのに手を貸した。家に、袋道に、帰らなければ。立ち去る前、土と灰のなかを探した。そして、死んだ男の身分証を見つけた。ぼくが殺したあの人の。

30

ロールへ

もう修理工にはなりたくない。直すべきものなど、もうないから。救うべきものも、理解すべきものも。

来る日も来る日も一日じゅう、ブジュンブラには雪が降っている。鳩は乳白色の空に逃げこんだ。路上で暮らす子どもたちが、モミの木を赤や黄色や緑のマンゴーで飾っている。農民たちは丘から平地までスキーで一気に滑り降り、鉄線と竹で作ったそりで大通りを下っている。タンガニーカ湖はスケート場に変わり、白いカバたちがやわらかな腹で氷の表面を滑っている。

来る日も来る日も一日じゅう、ブジュンブラには雪が降っている。雲は群青色の草地に浮かぶ羊のよう。病院の兵舎は空っぽで、学校の牢獄には石灰がまかれ、ラジオはめずらしい鳥のさえずりを流している。人びとは白旗を出し、綿花畑で雪合戦に身を投じる。響きわたる笑い声が、山で粉砂糖の雪崩《なだれ》を引き起こす。

来る日も来る日も一日じゅう、ブジュンブラには雪が降っている。

ぼくは墓石に背中をあずけ、年老いたひいおばあちゃんと一本のタバコを分け合っている。座っているのはアルフォンスとパシフィックのお墓の上だ。氷の下二メートルほどのところで、ふたりが愛の詩をよんでいるのが聞こえてくる。愛する暇もなかった女性たちに捧げる詩だ。友情の歌をハミングするのも聞こえてくる。戦いにたおれた仲間に捧げる歌だ。ぼくの口から青い季節の吐息がもれ、無数の白い蝶に変わる。

来る日も来る日も一日じゅう、ブジュンブラには雪が降っている。

酒場の酔っぱらいたちは明るい陽射しの下、陶器の杯《さかずき》でホットミルクを飲んでいる。途方もなく大きな空は、タイムズスクエアのイルミネーションみたいにチカチカと瞬く星に満たされている。父さんと母さんは霜に覆われたワニの引くそりに乗り、聖夜の月の上を飛んでいる。そりが通りかかるとアナは、人道支援米の入った小さな袋をつぎつぎに投げつける。

来る日も来る日も一日じゅう、ブジュンブラには雪が降っている。そのことはもう、きみに伝えたっけ？

雪片があらゆるものの表面にやさしく舞い降り、はてのない広がりを覆い、その揺るぎのない白で世界を満たす。ぼくらの象牙の心までも。もう天国も地獄も存在しない。明日、犬たちは吠えるのをやめる。火山は眠りにつく。民衆は白票を投じる。ウェディングドレスを着たぼくらの幽霊たちは、通りの濃霧のなかに消えてゆく。ぼくらは、永遠に命を長らえる。

来る日も来る日も一日じゅう、雪が降っている。

ブジュンブラは、白一色に変わっている。

ギャビー

31

ブジュンブラで戦闘が激しさを増した。犠牲者の数があまりにも多くなったので、ブルンジの状況もいまでは国際ニュースでとりあげられるようになった。

父さんはある朝、側溝に倒れているプロテを見つけた。プロテはフランシスの家の前で死んでいた。無数の石で打たれて。ジノはぼくに言った。ただの使用人だろ、なんで泣く？　ドナシアンは、軍がカメンゲ地区を攻撃したとき行方知れずになった。彼も殺されてしまったのだろうか？　それとも、国を出たのだろうか？　ほかの大勢とおなじように長い列をつくり、頭にマットレスを載せて、いっぽうの手に身のまわりの品をまとめた包みをぶらさげ、もういっぽうの手で子どもたちの手を引いて。この二十世紀の終わりに、アフリカの道路や土道をぞろぞろ進む人波のなかの蟻のような小さな点となって。

フランスから大臣がひとり、自国民を本国に引きあげさせるための飛行機二機とともににブジュンブラにやってきた。学校はただちに休みになった。父さんはぼくとアナを飛行機に乗せる手続きをした。ぼくらを迎えてくれるホストファミリーが向こうで待っていた。フランスのどこかで。ぼくらの袋道から飛行機で九時間のところで。出発前、ぼくは溜まり場にしていた廃車から望遠鏡をもち出してエコノモポロス夫人にとどけた。いよいよ別れのときが近づくと、夫人は本棚に駆け寄り、ある本のページを一枚、破りとった。そこには一篇の詩が記されていた。ほんとうは書き写したかったのだけれど、時間がなくて……。出発がせまっていた。夫人は言った。わたしの思い出に、ここに書かれている言葉を胸にとどめておいてちょうだい。あとになったら、何年かしたら、この詩の意味がわかるはずだから。家の重い門扉が閉まったあとも夫人はぼくの背中に、ぼくを気遣い、ぼくをみちびく言葉をかけつづけた——風邪を引かないように気をつけるんですよ。大切な秘密の庭を丹精して手入れするんですよ。本を読み、人と出会い、恋をして豊かになるんですよ。自分が生まれ育った場所を、忘れてはなりませんよ……。

　ある地を発つとき、ぼくらは愛した人やものや場所に時間をかけてさよならを言う。けれど、ぼくはあの国を発ったのではなく、逃げ出した。ドアを開けっぱなしにして逃げ去った。振り返らずに。憶えているのは、振られている小さな手だけだ。ブジュンブラ空港のデッキに立つ父さんの、小さな手だけだ。

ずいぶん前からぼくは平和な国に住んでいる。その国ではそれぞれの市《まち》に図書館があるけれど、たくさんあるせいで、もうだれの目にも留まらない。そこは袋道のような国で、戦争の騒音も世界の狂気も、遠くからかすかにとどくだけだ。

夜、子ども時代を過ごしたいろんな通りの懐かしいにおいがよみがえる。午後の静かなリズムも、トタン屋根を打つ雨の心休まる音も。夢を見ることもある。夢のなかでぼくは、ルモンゲ街道沿いにあるぼくが暮らした大きな家に通じる小道に立っている。家は昔と変わらずそこにある。壁も家具も、鉢植えも、ぜんぶもとの場所に。そして夜、失われた国を舞台に紡がれるそれらの夢のなかでぼくは、庭のクジャクの鳴き声と、イスラム教の礼拝時刻を知らせる遠い声を聞いている。

冬になるとぼくは、アパルトマンの下にある小さな広場の裸のマロニエを見て寂しさをつのらせる。そして頭のなかで、マロニエをマンゴーの木に置き換える。ぼくの住んでいた地区に木陰をつくってくれていた、あの枝葉の見事なマンゴーの木々に。眠れない日には、ベッドの下に隠してある木の小箱を開けてみる。そこに収められたものを目にして、ぼくは思い出の香りに満たされる。アルフォンス伯父さんとパシフィック叔父さんの写真。新年最初の日に父さんが木の上に立つぼくを撮った写真。キビラの森で捕まえた、あの白と黒のコガネムシ。ロールからもらった香水つきの手紙。アナとサッカー場の芝のなかで集めた、一九九三年の大統領選挙の投票用紙。血の染みがついた身分証……。母さんの三つ編みの髪を指に巻きつけながら、ブジュンブラを去る日にエコノモポロス夫人がくれたジャック・ルーマン（一九〇七〜四四。ハイチの文学者、政治活動家）の詩を読み返す。〈祖国があるということは、その国に生まれたということは、いわば生粋の人だということは、それはその国を、目に、肌に、手にもつことだ。その木々の髪、その大地の肉、その石の骨、その川の血、その空、その味、その男たちや女たちも一緒に……〉

ぼくは二つの岸辺のあいだを大きく揺れ動く。それはぼくが患う心の病だ。数千キロの距離が、ぼくをかつてのぼくの人生から切り離している。けれど、旅を長いものにしてしまうのは、地理的な隔たりではなく、流れ去った時間だ。ぼくはかつてある場所にいた。家族や友だちや顔見知りや猛暑に囲まれて。ぼくはその場所にふたたび降り立ってみたけれど、かつてそこにいた人たちは、かつてそこに命を、身体を、血肉をあたえていた人たちは、もういない。ぼくの思い出が、目にしている光景に無意味に重なる。ぼくは祖国を追われたと思っていた。けれど、過去の痕跡をたどる旅に出て、理解した。ぼくは、ぼくの子ども時代を追われたのだ。そしてそれは、祖国を失うことよりずっとぼくには残酷に思われた。

袋道に行ってみた。もう二十年以上経っている。ずいぶん変わっていた。地区に生えていた大きな木は軒並み伐り倒されてなくなっていた。太陽が日中の市《まち》に重くのしかかっている。かつてはてっぺんに割れた瓶のかけらや有刺鉄線を載せていたコンクリートブロックの壁は、ブーゲンビリアの色鮮やかな生垣に替わっていた。袋道はもはや埃っぽい陰気な通路にすぎず、名前をもたない人たちが門を閉ざして暮らしていた。アルマンだけがまだそこにいて、袋道の突きあたりにある、かつて家族で暮らした白いレンガ造りの大きな家に住んでいた。母親と姉たちはカナダ、ベルギー、スウェーデンなど世界じゅうに散らばっていた。なぜ家族と一緒に外国に行かなかったのか、とアルマンにたずねると、やつはあの得意のユーモアを交えて言った。「めいめい必要とする収容施設《アジール》がちがうのさ！　国を出た者には政治的避難所《アジル・ポリティック》が、国に残った者には精神科病院《アジル・プシコティック》が必要だったんだ」

アルマンは大柄な男になり、商業銀行の幹部として、さまざまな責任と腹まわりの肉を引き受けていた。帰国した日の夜、ぼくは袋道の酒場に誘われた。「しゃれた流行りの場所にはあとから行けばいい。まずはきみにこの国の現実に浸ってほしいんだ。寄り道せずに」酒場の小さなあばら屋はまだおなじ場所にあり、店の前にはあのひょろりとしたホウオウボクが生えていた。月がその影を、踏み固められた地面に映している。ホウオウボクの小さな花が夜風を受けて力なく揺れた。酒場は饒舌な客と寡黙な客であふれていた。どちらにしても、日常と失望にまみれた人たちだ。以前とおなじ薄暗がりのなか、客たちがその心と酒瓶を空けていく。ぼくはアルマンのとなりに置いたビールケースに腰を下ろした。アルマンはあやふやな噂話として、福音教会の牧師になったフランシスの近況を教えてくれた。双子とジノは？　ヨーロッパのどこかにいるって聞いたけど、捜そうとは思わないな。同感だった。捜したところでなんになる？

アルマンはぼくらが——ぼくとアナが、フランスに着いたあとどんな暮らしを送ったか聞きたがる。ぼくは愚痴を交えないように注意する。ぼくらが発ったあとおよそ十五年つづいた内戦のあいだ、アルマンがくぐり抜けなければならなかったさまざまな苦労をおもんぱかって。ぼくはただ、いくばくかの気まずさを感じながら、妹のアナがブルンジの話題はいっさい受けつけないことを打ち明ける。沈黙が降りる。ぼくはタバコに火をつける。火影がぼくらの顔を一瞬赤く照らし出す。歳月は流れたけれど、ぼくらは互いにある種の話題を口にするのを避ける。たとえば、ぼくの父の死。父さんはぼくらがフランスへ発った数日後、ブガラマ街道で待ち伏せされて殺された。アルマンの父の死についても触れない。そのあと起こった出来事についても。たとえ年月を経ても、癒えない傷がある。

酒場の暗がりにつつまれていると、タイムマシンの旅に出たような感覚におちいる。客たちは以前とおなじ会話を交わし、おなじ希望を抱き、おなじ与太話に興じている。近々予定されている選挙、和平協定、あらたな内戦勃発への不安、裏切りの愛、砂糖と燃料の値上げ……。唯一のちがいは、ときどき携帯電話が鳴ることで、そのたびにぼくは時代の移り変わりを痛感する。アルマンは四本目のビールの栓を抜く。ぼくらは赤茶色の月の下、子ども時代のいたずらや幸せだった日々を思い出して笑い合う。ぼくは失われたと思っていたあの永遠のブルンジと、ほんの少しだけ再会する。わが家にもどってきたという懐かしさが、ふわりとぼくをつつみこむ。そのときふと、この暗がりのなか、酔客たちのささやき声のざわめきにのまれていたぼくの耳に、遠くからほんのかすかに不思議なかぼそい声がして、ぼくの心に遠い音の記憶が忍びこむ。ビールのせい？ ぼくは耳を澄ます。記憶の呼び声が消える。もう一本、ビールの栓を抜く。アルマンが訊く。なぜもどってきた？ ぼくは数か月前、ぼくの誕生日の日にかかってきた電話について説明する。エコノモポロス夫人が亡くなったことを知らせる電話だ。夫人はある秋の日の午後、午睡《シエスタ》のさなかに息を引きとった。エーゲ海を臨む場所で、小説を膝に置いて。夫人は自分の大切な蘭の夢を見ながら亡くなったのだろうか？

「夫人が遺してくれた本の詰まったトランクを、ブジュンブラまで引きとりに来たのさ」

「ってことは、大量の本のために帰ってきたのか？」アルマンが弾けるように笑い、ぼくも笑う。そう言われてはじめて、この旅のばかばかしさに気がついたのだ。ぼくらはおしゃべりをつづける。アルマンはぼくがこの国を出たあとに起こったクーデターやブルンジに科せられた禁輸措置や、長い内戦の歳月、新興の金持ち、地元のマフィア、独立系メディア、市《まち》の雇用の半分を引き受けているNGO、あちこちで勢力を拡大している福音教会、政治の舞台から少しずつ消えつつある民族間の軋轢などについて語る。そのとき、またあの声がした。ぼくはアルマンの腕をつかみ、口ごもりながら言う。「聞こえるか、あの声……」唇をぎゅっと嚙む。身体が震える。アルマンがぼくの肩に手を置いた。「ギャビー、なんて説明したらいいかわからなくて。自分の目で見たほうがいいと思ったんだ。何年も前から、夜な夜なここに来るんだよ……」声が、あの世から響いてくるかのような声が、骨の髄まで分け入ってくる。消えない床の染みについて語るささやき声。ぼくは人影を押しのけ、ビールケースにつまずき、闇を手探りして酒場のあばら屋の奥へと進む。その人は、部屋のすみの地べたにうずくまり、粗雑な安酒をストローですすっていた。二十年ぶりに見つけたその人は、五十年も経ったように老けてしまい、別人に変わりはてていた。ぼくは年老いたその人にかがみこむ。かざしたライターの炎越しに、その人はぼくをまじまじと見つめる。ぼくがだれだか、わかったのだ。無限の慈しみをこめて、母さんはぼくの頰に手を置き、言った――あなたなのね、クリスチャン。

これからの人生をどうするか、自分でもまだわからない。さしあたってはこの地に残り、母さんの面倒を見て、具合がよくなるのを待とうと思う。

陽が昇り、ぼくはこの物語を書きたくなった。それがどんなふうに終わるかはわからない。けれど、どんなふうにはじまったかは憶えている。

訳者あとがき

ブルンジ――アフリカにあるちいさな国。日本ではなじみが薄く、国名を初めて耳にするという方もいるかもしれない。では、ルワンダはどうだろう。こちらは二十数年前に起きた大虐殺を通じてご存じの方も多いと思う。両国はよく「双子」になぞらえられる。それはなにもこの二つの小国が、アフリカ大陸の中央部に寄り添うようにしてあるからだけではない。多数派のフツ族と少数派のツチ族という民族構成も――もっとも両者は同じ民族で、生業の違い（おもに農業のフツと牧畜業のツチ）による分類ともいわれている――、ともに十九世紀後半にドイツの植民地となったあと第一次世界大戦後にベルギー統治下に入り、六二年に独立したという国の歩みも酷似しているからだ。さらに、民族紛争を繰り返してきた点でも。フツとツチの対立は、旧宗主国ベルギーや独立後に影響力を強めたフランスが、「分裂させて支配する」戦略を採用したため激化したとされており、一九九四年にはルワンダで大虐殺が発生、百日間で八十～百万人が殺された。一方、ブルンジでも九三年に内戦が勃発。十五年ほど続いた戦争で三十万人が殺され、七十万人以上が難民となった。

本書（原題 *Petit Pays*／小さな国）の主人公ガブリエル（ギャビー）もこの内戦を経験したひとりだ。ギャビーはフランス人の父とツチ族でルワンダ難民の母、そして妹アナの四人でブルンジの首都ブジュンブラで暮らしていた。物語はフランスに暮らす成人したギャビーが自身の十歳〜十二、三歳の日々を回想する体裁をとっている。両親の不仲や忍び寄る内戦の影はあるものの、ギャビーが「ずっとつづけばいい」と願った幸せな暮らしが描かれる前半部は、アフリカの色彩が弾け、エキゾチックな香りが立ちのぼってくるような生き生きとした描写が印象的だ。そして初の大統領選挙を契機に民族対立が激化していく後半部。自分はフツでもツチでもないと考えていたギャビーも、平和だった袋道に暴力が入りこんできたことでどちらかの陣営につく決断を迫られる……。本書はもちろん、民族紛争の悲劇を伝える作品として読むことができるだろう。けれどなにより、戦いに巻きこまれ、突然大人になることを強いられた少年の哀切と追憶の物語としての側面が強い。哀切と追憶。というのもギャビーの場合、大人になることは成長ではなく喪失——家族、仲間、祖国、無垢さ、そして子ども時代の喪失をもたらしたのだから。

特筆すべきは文体と表現力だ。あちこちにちりばめられた美しい詩的なイメージ、シンプルながらもときにユーモアと意外性を湛えた的確な言葉、アフリカならではのユニークな表現や喩え。原文はそれらが心地よいリズムを刻みながら淀みなく繰り出されている。これが著者のデビュー作というから驚きだ。けれど、著者が本国フランスで人気のラッパー兼スラマーと聞いて合点がいく。スラマーとはおもに自作の詩の朗読を行なう人のことをいうが、本書はラッパー／スラマーとして言葉を巧みに使いこなしてきた著者の本領発揮といえるだろう。

著者ガエル・ファイユは一九八二年、ブルンジ生まれ。父はフランス人で、母はツチ族のルワンダ難民。内戦勃発後の一九九五年に妹とともにブルンジを離れ、フランスへ渡る――とこのように紹介すると、著者＝ギャビーなのかと思われるかもしれないが、ギャビーとの共通項はここまで。みずから朗読を担当した本書のオーディオブック（二〇一七年度〈オーディオリブ賞〉を受賞）に収録されているインタビューのなかで著者は、「少年時代の自分よりもガブリエルのほうがずっと聡明だ。自分は当時、住んでいる町や自然の美しさに気づいていなかったし、周囲で起きていることも理解していなかった」と語っている。書くことに目覚めたのはフランスに渡る直前のことらしい。「ブルンジでは自分が白人だと、フランスでは黒人だと感じさせられた」という著者にとって、書くことはみずからのアイデンティティを模索する手段だったのだろう。哲学や文学に興味をもちつつも、高校卒業後は金融学を学び修士号を取得。ロンドンのシティの投資ファンドに勤務しながら詩や戯曲などを書きつづけ、二〇〇九年、ラップデュオ〈Milk Coffee and Sugar〉としてファーストアルバムをリリースする。二〇一三年にはソロアルバム〈*Pili Pili sur un croissant au beurre*／唐辛子《ピリピリ》ののったバタークロワッサン〉を発表した。デュオ名にある

「ミルクコーヒー」にしてもアルバム名にしても、黒人《ブラック》と白人《ホワイト》、アフリカとフランスの融合を感じさせるネーミングだ。ソロアルバムには本書の原題と同じ〈*Petit Pays*〉という曲が収められている。ちなみにこの曲のビデオクリップがインターネット上にアップされているので、興味のある方はぜひ視聴してほしい。歌詞から判断すると、この曲の「ちいさな国」とはルワンダを指すようだが（とはいえ、ブジュンブラについても歌っている）、ビデオクリップの撮影地はブルンジとのことで、詩を吟ずるように歌う著者の姿と、ギャビーが思い焦がれた「永遠のブルンジ」の一端を目にすることができる。

　本書は二〇一六年八月の刊行直後から本国で評判を呼び、二〇一六年〈ＦＮＡＣ《フナック》小説賞〉（ＦＮＡＣは仏大手書店チェーン）、〈高校生が選ぶゴンクール賞〉などを受賞。本家のゴンクール賞の最終候補作にノミネートされたほか、三十の言語で翻訳・刊行される予定であり、本国フランスでは二〇一七年五月時点で四十万部を超えるベストセラーとなっている。また著者はこの四月にミニアルバム〈*Rythmes et Botanique*／リズムと植物学〉をリリース、さらに二作目の小説も準備中とのこと。異なるものを排除しようとする不寛容さがはびこり出したこの時代、生まれながらに異なるルーツ、異なる文化をみずからの中に抱えもち、言葉の力で人の心を揺さぶることのできる著者が今後どんな作品を私たちに届けてくれるのか、これからの活躍が本当に楽しみだ。

　二〇一七年五月

ガエル・ファイユのふたつの世界

翻訳家・詩人
くぼたのぞみ

自伝はすべてストーリーテリングであり、
書くということはすべて自伝である。
J・M・クッツェー

なぜ、自分はここにいるんだろう？　父親はフランス白人、ブルンジで出会ったアフリカ人女性と恋に落ちて、結婚して、そして生まれたのがぼくだ。それはわかってる。でも、なぜ自分がいまこうして、パリ近郊の「過去をもたない人生を思わせるニュータウン」サン＝カンタン＝アン＝イヴリーヌで生きてるのか、という問いの答えにはならない。だって、くりかえし問いはわいてくるから。自分のなかから、何度でも。

ガブリエルは三十三歳。通称ギャビー。パリ近郊で暮らすキャラメル色の肌をした語り手は、ここまでくるのに二十年か、と思いにふける。寝ても覚めても考えている。あの国ブルンジで、家族四人で暮らしたころのことを、思いださない日はないくらいだ。父ミシェル、母イヴォンヌ、そして妹のアナとぼく。両親の仲はよくなかったけど、クリスマスにはピカピカの競技用自転車をもらい、袋道と呼ばれる通りに住む悪ガキの友だちもいた。でも日々の暮らしのなかに見え隠れする、不穏な政治情勢は日に日に悪化の一途をたどった。

そもそもギャビーの母がルワンダから逃げてきたツチ系難民としてブルンジで暮らすようになったのは、ヨーロッパ諸国による植民地経営の常套手段、分断統治の結果だった。植民地経営にたずさわるドイツやベルギーが、混じり合って暮らしていた人たちを首尾よく統治するために「人種思想と似非《えせ》科学」をもちいて、いまからみると理屈に合わない根拠をでっちあげ、ツチとフツに分けたのだ。これを、ルワンダやブルンジが独立したあと影響力をもつようになったフランスも利用した。そうやって分断され、ことあるごとに差異を強調されて対立をあおられてきた集団間の争いが、内紛となり、内戦となり、一九九四年に頂点に達してすさまじい虐殺が起きた。ルワンダ大虐殺《ジェノサイド》だ。その後、ブルンジ国内でも対立が激化していったとき、兄と妹はフランス政府が自国民を引き揚げさせるために送った飛行機に乗せられて、父の国フランスへ向かうことになった。その日から、ガブリエルは「どこにも住んではいない」人間になってしまった。避難民、いや難民だ。

物語の舞台となるアフリカ大陸の地図を見ておこう。とにかく大きい。広い。日本が八〇個もすっぽり入ってしまう大陸なのだ。地中海に面した北のエジプトからまっすぐ南に向かって、スーダン、南スーダンを抜けて、大陸中央で大きな面積を占めるコンゴ民主共和国（当時のザイール）と東のウガンダを分ける国境線に沿って、さらに南下してみよう。すると、東のタンザニアと西のコンゴの国境線沿いに、ちいさな国がふたつ見つかる。北がルワンダ、南がブルンジ。その南に縦に細長く延びる大きな湖がタンガニーカ湖だ。

この小説の舞台は南のブルンジだけど、北のルワンダやその北のウガンダとも、西の資源大国コンゴとも関係が深い。というか、実際にはずっと地続きの土地で、共通の言語を話す人たちが日常的に行ったりきたりしていたし、いまもそうだ。地図上に引かれた国境線のすべてに有刺鉄線が張られているわけではない。

ガエル・ファイユはフランスで高校生が選ぶゴンクール賞を受賞したブルンジ生まれのミュージシャン、いやラッパーとか、詩を朗読するスラマーと呼ぶのがふさわしいだろう。二〇〇八年ころに「ミルクコーヒー・アンド・シュガー」というデュオを組んで活躍し、話題になっていた。そのファイユが生まれてから十三歳まで暮らした土地を回想しながら書いたのが、この小説だ。

　こんなふうに自伝的要素のたっぷり入った物語の枠組みやおおざっぱな筋だけ追うと、大切なものがこぼれ落ちてしまってもどかしい。少年期のみずみずしい感情や不安、いつも聖書を手離さないドナシアン、朝ごはんにカリカリの目玉焼きを作ってくれるプロテ、ひどく短気な運転手イノサン、袋道の悪ガキ仲間とのやりとりなどが見えなくなってしまうからだ。アルマン、ジノ、双子とつるんでマンゴーを採ったり廃車のなかでタバコを吸ったり、敵対していたフランシスも最後は加わって大人になっていく少年たち。買ってもらったばかりの自転車を盗まれてそれを遠くの村まで取り返しにいく話など、そこに住み暮らす人たちのリアルがあざやかに描かれていてはらはらする。一方で母親の兄弟がルワ《R》ン《P》ダ愛国戦線《F》に加わるために旅立っていったり。不穏な空気が強くなった時期に書物の世界へ道を開いてくれた老女性エコノモポロス夫人の姿も忘れられない。きわめつけはギャビーが十一歳になった夜の誕生パーティーだ。ごちそうとビールにありつけると近所の人たちが大勢やってきて、激しいリズムにのって踊り狂う。そんな細部がこの本の最大の読みどころなのだ。まずは物語の海に飛び込んで、その魅力をたっぷり味わってほしい。

　ガエル・ファイユはいつも旅立とうとする歌手であり、詩人であり、作家だ。ミュージシャンとして出発したファイユの初ソロアルバム「唐辛子《ピリピリ》ののったバタークロワッサン」

は二〇一六年の小説より少し早く一三年に発表された。タイトル曲では父と母の出会いと別れの物語が歌われている。

ここでシンボリックに歌われるピリピリとは「スワヒリのピメント（唐辛子）」のことで母を指し、バタークロワッサンとはケルアックを読みボブ・ディランを歌いながらフランスからやってきたヒッピー、つまり父のことだ。ふたりは出会い、恋に落ちて結婚した。ピリピリはツチとかフツとか対立のない世界にあこがれてパリを夢見るけれど、バタークロワッサンはここブルンジで生きていたいと思っている。だってフランスじゃ自分は「ただの人」だけど、ここブルンジでは特権階級として生きられるからと。するとピリピリはすかさず「あなたが連なる丘のなだらかさに目を奪われてるとき、わたしの目に映るのは、そこに暮らす人びとの貧しさよ。あなたが湖の美しさに感嘆の声をあげてるとき、わたしの鼻はもう、水中でよどむヘドロのにおいを嗅いでいる。……わたしが求めてるのは……安全と、死におびえずにすむ国で安心して子育てできる環境」ときり返す。

この本のなかに出てくるそんなやりとりを知ってから、ファイユが歌う「唐辛子《ピリピリ》のったバタークロワッサン」の最後のフレーズ——ふたりは出会い、行きちがい、子どもたちを運命の十字路に放りだした——を聞くと、簡潔なことばがひどく痛烈にひびく。両親のことを、家族を襲った運命を、そぎ落とされた表現に落とし込むまでに、ガエル・ファイユがくぐり抜けた、ことばにならない、濃密で、苦渋にみちた長い時間を思わずにいられれない。「来る日も来る日も一日じゅう雪が降りつづけるブジュンブラの白い悪夢」を思わずにいられない。

小説と同名の曲「プティ・ペイ（Petit Pays）」を歌う動画には、ブルンジの一面の茶畑に立つファイユの姿がある。川のせせらぎに色鮮やかな花や野菜がならび、ラテライトの赤土に雨が降って、子どもたちが野原を走りまわり木にのぼる姿が映しだされる。哀愁をおびたギターとともに韻を踏むラップ調の詩が心にしみる。争いや殺戮の絶えなかった故郷を再訪するファイユの表情には、周囲のにこやかな子どもたちとは対照的な憂いがにじんでいる。「ぼくは祖国を追われたと思っていた。けれど、過去の痕跡をたどる旅に出て、理解した。ぼくは、ぼくの子ども時代を追われたのだ。そしてそれは、祖国を失うことよりずっとぼくには残酷に思われた」とファイユは書く。そして「ブルンジでは自分が白人だと、フランスでは黒人だと感じさせられた」と。

つねにふたつの世界に引き裂かれてきた者が、自分を形成した土地や、そこに暮らす人々の姿を細やかに、具体的に描こうとするこの小説は、さらさらと読ませながらその奥に深い物語をいくつも秘めている。だから「故郷を回想しながら書いた小説」という表現はあまりにありきたりだ。むしろそれは、暴力的な力で奪われた子ども時代を再創造する試みといっていいだろう。傷だらけの思い出を再生させせフィクションとして固定しなければ、いつまでも血を流しつづける記憶から「旅立つ」ことができない。ラッパーとして生きるファイユがアルバムと相前後して、細部を拾いあげるようにしてこの作品を書いたのは、そういうことだったのかもしれない。
読者は前半で、すでに失われてしまったけれど幸せだったころのことを読む。物語は危ういほど美しく、まぶしい光を放っている。遠い記憶のなかのシーンが切断された時間の塊として、ひとつひとつ磨きあげるようにしてピンで留められていく。不思議な透明感をおびる情景に不穏な空気が侵入しはじめ、残酷な事実が矢継ぎ早に報告される。そして後半は、母親のこと、父親のこと、叔母さんやいとこたちの身に起きたこと、ジッポーのライターをめぐる岬の上の残虐な事件、内戦が激化していくさなかにブジュンブラで主人公が体験した過酷な出来事が淡々と述べられていく。その「報告」からは、ことばで記録しておかなければ先へ進めない切実さがひたひたと伝わってくる。それが読む者の心をつかんで放さない。

人は生まれる土地も、時代も、親も、選べない。その有無をいわさぬ力と向き合おうとする八二年生まれのファイユは、ジャンルを超える表現へ向かった。これはいま世界規模の人の移動によってすぐそこで起きている物語であり、さまざまな国や民族を背景にもつ子どもたちが増えつづけるすべての社会で、もっとも必要とされている文学だ。この日本社会でもまた。

二〇二〇年三月

本書は、二〇一七年六月に早川書房より単行本として刊行された作品を文庫化したものです。

ハヤカワ epi 文庫は、すぐれた文芸の発信源（epicentre）です。

訳者略歴　国際基督教大学教養学部社会科学科卒，フランス語翻訳家　訳書『ココ・アヴァン・シャネル』シャルル＝ルー（共訳），『ささやかな手記』コレット（以上早川書房刊）他

ちいさな国《くに》で

〈epi 99〉

二〇二〇年四月　十日　印刷
二〇二〇年四月十五日　発行

（定価はカバーに表示してあります）

著者　ガエル・ファイユ
訳者　加藤《か》《とう》かおり
発行者　早川　浩
発行所　株式会社早川書房
郵便番号　一〇一－〇〇四六
東京都千代田区神田多町二ノ二
電話　〇三－三二五二－三一一一
振替　〇〇一六〇－三－四七七九九
https://www.hayakawa-online.co.jp

乱丁・落丁本は小社制作部宛お送り下さい。
送料小社負担にてお取りかえいたします。

印刷・株式会社精興社　製本・株式会社フォーネット社
Printed and bound in Japan
ISBN978-4-15-120099-1 C0197

本書は活字が大きく読みやすい〈トールサイズ〉です。